U0079919

山田社

不用背 **英文!!**
玩遍全世界 ∩MP3

用**中文**就**GO!**

里昂 著

山田社
Shan Tian She

前言
» preface «

外派到世界各國工作，已經是潮流。
大膽走出去，世界走進來！
到全世界當背包客，
去浸到另一個文化裡，好好培養自己獨特的國際觀，
讓「海外旅遊經驗」為未來或現在的職涯加分。

你說英文不好出國旅行怎麼辦？
你說英文不好出差怎麼辦？
別讓「囧英文」阻擾你的前途！

其實你英文好不好老外不在意，
你的吞吞吐吐他們才害怕！
別讓發音成為不敢說英語的障礙，
出國就要放膽說英文，
溝通才是最終目標！

只要善用中文拼音，當作聯想契機，
再搭配專業美籍老師標準發音，
讓你出國容易，開口更容易！

　　本書有這些就夠你玩翻世界的八大旅遊場景。還有老外常用的 50 個句型，再搭配旅遊關鍵單字，就可以充實你的英語資料庫，應對各種場面，讓你去到哪，就說到哪！

本書 4 大精彩重點

重點 1 ▸ 直覺式「中文拼音」，大聲唸，學更快！

　　本書要一掃你對發音的畏懼感，處處怕說錯的自卑感。只要大膽說、不怕錯，英語能力就會越來越強。為此，我們在每個句型、單字、例句下面都附上貼心的「中文拼音」，讓你當作聯想契機，拼音過程不耗腦力，再搭配專業老師的標準發音。咦！英文怎麼突然變得這麼親切！你一定會對它的效果感到驚訝，就算零基礎，也能立馬開口說英語！說英語真的就是這麼簡單！

重點 2 ▸ 精選老外家常 50 個句型，越用越實用！

　　溝通才是終極目標！流利的表達、意思的傳遞才值得我們花功夫。本書精選 50 個初級會話家常句型，先搭配例句，幫助你更快理解用法，觀念通了，口說自然也就通了！接著再換個關鍵字，套用學過的句型，就可以直接應用在其他情況下了。想跟老外在巷口話家常，也不是問題啦！

重點 3 ▸ 旅遊必備 8 大主題，包你怎麼玩都行！

　　從一上飛機到落地通關，到全世界去吃美食、購物、觀光，還有旅遊必備的交通、應急…等八大場景，通通都幫你設想到了！只要按照情境中提供的句型，替換家常單字，新的句子馬上就變出來了！讓你學一句就像學了十句！不管去哪裡旅行，怎麼玩都絕對安啦！安啦！

重點 4 ▸ 「眼＋耳＋口」同步連線，記憶更持久！

　　學過中學英語的你，英語底子其實很不錯，別讓發音成為不敢說英語的障礙！出國就要放膽開口說，找到機會就要累積「敢開口講」點數。本書「直覺式中文拼音＋專業美籍老師標準發音」，中文拼音可以幫助你快速聯想句子、單字發音方式，再跟著專業老師一起讀，訓練勇於開口說英語的習慣，「眼＋耳＋口」三點連線，大腦想記不住都難！包你學習快速又持久！

目錄
» contents «

Part 1 　50 個超好用句型

4

Part 2 日常簡單用語

Part 3 · 旅遊會話

Part 1
50 個超好用句型

標記小貼士！

▶ 2 個以上的中文拼音，下面有__（底線）時，記得要把底線上的字，全部合起來唸成 1 個音。例如：**his**（他）要唸成「**喝伊子**」喔！

（小訣竅：「**喝伊**」念快一點，就變成「**喝伊**」囉！）

memo

句型 1　我的名字叫○○。

My name is ＋名字.
麥　　念　　以司

我的名字叫珍。	**My name is Jane.** 麥 念 以司 珍
我的名字叫李淑玲。	**My name is Shuling Lee.** 麥 念 以司 淑玲 李

換個單字念念看

陳美玲	**Meiling Chen** 美玲 陳	瑪麗莎羅威	**Melissa Lowell** 瑪莉莎 摟窩
大衛瑞德	**David Reed** 大衛 瑞德	布萊德彼特	**Brad Pitt** 布萊德 彼特

Part
1
50個超好用句型

Part
2
日常簡單用語

Part
3
旅遊會話

句型2 　我來自○○。

I am＋from＋國家.
愛　阿母　　　　夫讓

我來自台灣。	**I am from Taiwan.** 愛 阿母 夫讓 台灣
我從英國來的。	**I am from England.** 愛 阿母 夫讓 印哥人

換個單字念念看

法國	**France** 法蘭斯	德國	**Germany** 糾門尼
日本	**Japan** 甲騙	泰國	**Thailand** 太連的

句型 3　這是○○的○○。

This is ＋所有格＋單數稱謂.
力司　以司

這是他爸爸。	**This is his father.** 力司 以司 喝伊子 發得
這是我的老師。	**This is my teacher.** 力司 以司 麥 踢球

換個單字念念看

他們的 / 媽媽	**their / mother** 累兒 / 媽得
我們的 / 爸爸	**our / father** 奧兒 / 發得

她的 / 哥哥 （弟弟）	**her / brother** 喝兒 / 布拉得
你的 / 姊姊 （妹妹）	**your / sister** 油兒 / 夕司特

Track ◎ 04

Part 1
50個超好用句型

Part 2
日常簡單用語

Part 3
旅遊會話

句型 4　他們是○○的○○。

They are＋所有格＋複數稱謂.
涙　　阿

他們是我的父母。	**They are my parents.** 涙 阿 麥 配潤此
他們是他的朋友們。	**They are his friends.** 涙 阿 喝伊子 福瑞恩司

換個單字念念看

我們的 / 兄弟	**our / brothers** 奧兒 / 不拉得司	他們的 / 老師們	**their / teachers** 涙兒 / 踢球司
她的 / 爺爺奶奶	**her / grandparents** 喝兒 / 古瑞恩的配潤此	你們的 / 親戚們	**your / relatives** 油兒 / 瑞累提夫司

句型 5　我是個○○。

I am a＋職業.
愛　阿母　惡

我是個學生。	**I am a student.** 愛 阿母 惡 司丟等特
我是個醫生。	**I am a doctor.** 愛 阿母 惡 達可特

換個單字念念看

模特兒	**model** 麻豆	律師	**lawyer** 落爺噁
播報員	**reporter** 瑞剖兒特	護士	**nurse** 呢司

Track ◎ **06**

Part **1**
50個超好用句型

Part **2**
日常簡單用語

Part **3**
旅遊會話

句型 6　　○○是○○。

單數名詞＋is＋職業.
以司

他是舞者。	**He is a dancer.** 喝伊 以司 惡 的厭舍

她是警察。	**She is a police officer.** 噓 以司 趴力司 喔福衣舍

換個單字念念看

爸爸 / 老師	**Dad / a teacher** 爹的 / 惡 踢球	我哥哥 / 司機	**My brother / a driver** 麥 布拉得 / 惡 踐衣-福兒
祖母 / 廚師	**Grandma / a cook** 古瑞恩的媽 / 惡 庫可	艾蜜莉 / 設計師	**Emily / a designer** 艾蜜莉 / 惡 抵債呢

句型 7　○○是○○的。

主詞＋Be動詞＋形容詞.

我很挑剔。	**I am picky.** 愛 阿母 屁基
我姊很和藹可親。	**My sister is kind.** 麥 夕司特 以司 開恩的

換個單字念念看

他 / 紳士	**He is / gentle** 喝伊 以司 / 尖頭	他的妻子 / 深沈文靜	**His wife is / quiet** 喝伊子 外夫 以司 / 快衣耶特
傑克 / 健談	**Jack is / talkative** 傑克 以司 / 頭殼梯福	那男人 / 頑固	**The man is / stubborn** 得 面 以司 / 司達本兒恩

Part 1
50個超好用句型

Part 2
日常簡單用語

Part 3
旅遊會話

句型 8　今天(很)○○。

It's＋形容詞＋today.
以次　　　　　　　　土爹

今天很潮濕。	**It's humid today.** 以次 喝尤秘的 土爹
今天下雨。	**It's raining today.** 以次 銳寧 土爹

換個單字念念看

涼	**cool** 庫歐	溫暖	**warm** 我兒母
熱	**hot** 哈特	風很大	**windy** 烏因低

句型 9　○○在○○。

主詞＋Be動詞＋現在分詞.

我們在閱讀雜誌。	**We are reading magazines.** 位 阿 瑞低恩 妹哥進司
莉莎在睡覺。	**Lisa is sleeping.** 莉莎 以司 司力拼

換個單字念念看

我 / 做菜	**I am / cooking** 愛 阿母 / 庫克印	他 / 做蛋糕	**He is /** **making cake** 喝伊 以司 / 媚金 克也可
她 / 唱歌	**She is / singing** 噓 以司 / 心印	他們 / 吵架	**They are /** **arguing** 淚 阿 / 阿古因

Track ◎ **10**

Part **1**
50個超好用句型

Part **2**
日常簡單用語

Part **3**
旅遊會話

句型 10　○○很○○。

主詞＋Be動詞＋形容詞.

你很棒。	**You are great.** 油 阿 古銳特
我的老師很神奇。	**My teacher is amazing.** 賣 踢球 以司 惡妹敬

換個單字念念看

她 / 漂亮	**She is / pretty** 噓 以司 / 普里梯	他們 / 調皮	**They are /** **naughty** 淚 阿 / 諾梯
他 / 英俊	**He is /** **handsome** 喝伊 以司 / 憨舍母	詹姆士 / 風趣	**James is /** **funny** 傑姆士 以司 / 放尼

句型 11　○○不○○。

主詞＋Be動詞＋not＋形容詞.
那特

你人不好。	**You are not nice.** 油 阿 那特 耐司
她不小氣。	**She is not mean.** 噓 以司 那特 秘因

換個單字念念看

他 / 英俊	**He is /** **handsome** 喝伊 以司 / 憨舍母	我 / 笨	**I am / stupid** 愛 阿母 / 司丟屁的
她 / 聰明	**She is / smart** 噓 以司 / 司媽兒特	他們 / 快樂	**They are /** **happy** 淚 阿 / 黑皮

Part
1
50個超好用句型

Part
2
日常簡單用語

Part
3
旅遊會話

句型 12　○○會○○嗎？

Will＋主詞＋動詞？
烏衣歐

會下雪嗎？	**Will it snow?** 烏衣歐 以特 司諾
你會去派對嗎？	**Will you go to the party?** 烏衣歐 油 夠 兔 得 趴梯

換個單字念念看

(天氣)/ 出太陽	**it / be sunny** 以特 / 必 桑尼	彼得 / 去台北	**Peter / go to Taipei** 彼特 / 夠 兔 台北
她 / 來	**she / come** 噓 / 抗母	你 / 拿	**you / take it** 油 / 貼克 以特

句型 13　　○○會(要)○○。

主詞＋will＋動詞＋名詞.
烏衣歐

我會邀請他。	**I will invite him.** 愛 烏衣歐 因外特 喝伊母
他們會很開心。	**They will be happy.** 淚 烏衣歐 比 黑皮

換個單字念念看

我 / 結婚	**I / get married** 愛 / 給特 美麗的	蘇珊 / 帶那個蛋糕來	**Susan / bring the cake** 蘇珊 / 布玲 得 克欽可
他 / 生氣	**He / be mad** 喝伊 / 比 妹的	詹姆士 / 去看醫生	**James / go to the doctor** 傑姆士 / 夠 兔 得 達可特

Part 1
50個超好用句型

Part 2
日常簡單用語

Part 3
旅遊會話

句型 14　　○○喜歡○○。

主詞＋love(s)＋動詞ing＋名詞.
辣舞（司）

我很喜歡打網球。	**I love playing tennis.** 愛 辣舞 普淚因 貼尼司
他們很喜歡喝咖啡。	**They love drinking coffee.** 淚 辣舞 醉克印 摳福衣

換個單字念念看

我 / 買東西	**I / going shopping** 愛 / 勾印 瞎拼	他們 / 聽音樂	**They / listening to music** 淚 / 力省寧 兔 謬記可
瑪莉 / 看電視	**Mary / watching TV** 美莉 / 哇請 梯逼	他 / 讀小說	**He / reading novels** 喝伊 / 里低恩 那佛司

句型 15　你喜歡○○嗎？

Do you like ＋名詞？
　度　　油　　賴克

你喜歡馬鈴薯嗎？	**Do you like potatoes?** 度 油 賴克 趴貼投司
你喜歡我的髮型嗎？	**Do you like my hairstyle?** 度 油 賴克 麥 黑兒司逮歐

換個單字念念看

布萊德彼特	**Brad Pitt** 布萊德 彼特
巧克力	**chocolate** 洽可力特
台北	**Taipei** 台北
喜劇	**comedy** 抗麼地

句型 16　他（她）喜歡○○嗎？

Does he (she) like＋名詞？
得司　　　喝伊（嘘）　賴克

他喜歡熱狗嗎？	**Does he like hot dogs?** 得司 喝伊 賴克 哈特 豆哥司
潔西喜歡芭比娃娃嗎？	**Does Jessie like Barbie dolls?** 得司 潔西 賴克 芭比 兜歐司

換個單字念念看

籃球	**basketball** 背司克衣伯	我的新鞋	**my new shoes** 麥 紐 咻司
電玩	**computer games** 康普尤特 給母司	總統	**the president** 得 普銳怎等特

句型 17　○○不○○。

主詞（I / You/複數名詞）＋don't
愛　油　　　　　　　　　　　洞特
＋原形動詞＋名詞（動名詞）.

喬治和瑪莉不使用信用卡。	**George and Mary don't use credit cards.** 久局 欸恩得 美莉 洞特 油司 克瑞滴特 卡此
他們不喜歡買東西。	**They don't like shopping.** 淚 洞特 賴克 瞎拼

換個單字念念看

我 / 喜歡披薩	**I / like pizza** 愛 / 賴克 披薩	喬治和瑪莉 / 去買東西	**George and Mary / go shopping** 久局 欸恩得 美莉 / 夠 瞎拼
他們 / 有麵包	**They / have bread** 淚 / 黑夫 不瑞得	我父母 / 喝咖啡	**My parents / drink coffee** 麥 配潤此 / 准印可 摳福衣

Track ◎ 18

Part
1
50個超好用句型

Part
2
日常簡單用語

Part
3
旅遊會話

句型 18　　○○不○○。

主詞（第三人稱單數）＋doesn't
得怎特
＋原形動詞＋名詞（動名詞）.

喬治不愛瑪莉。	**George doesn't love Mary.** 久局 得怎特 辣舞 美莉
她不想要小的戒指。	**She doesn't want a small ring.** 嘘 得怎特 旺特 惡 司某 玲

換個單字念念看

她 / 喜歡披薩	**She / like pizza** 嘘 / 賴克 披薩	喬治 / 吃 午餐	**George / eat lunch** 久局 / 衣特 浪去
它 / 運作	**It / work** 以特 / 我兒可	瑪莉 / 煮 晚餐	**Mary / cook dinner** 美莉 / 庫可 低呢

句型 19　○○能(會)○○嗎？

Can＋主詞＋動詞？
肯

你會溜冰嗎？	**Can you skate?** 肯 油 司給特
他們棒球打得好嗎？	**Can they play baseball well?** 肯 淚 撲淚 背司伯 威歐

換個單字念念看

瑪莉 / 開車	**Mary / drive** 美莉 / 跩衣夫	她 / 打字	**she / type** 噓 / 太普
你 / 修我的車	**you / fix my car** 油 / 福衣渴死 麥 卡兒	麵包師傅 / 烤麵包	**the baker / bake** 得 背可兒 / 背可

句型 20　麻煩請給我〇〇好嗎？

Can I have＋名詞 , please?
肯　艾　黑夫　　　　　　　　普力司

麻煩請給我一些水好嗎？	**Can I have some water, please?** 肯 艾 黑夫 <u>桑母</u> 哇特，普力司
麻煩請給我菜單好嗎？	**Can I have the menu, please?** 肯 艾 黑夫 得 妹牛，普力司

換個單字念念看

一杯咖啡	**a cup of coffee** 惡 卡普 歐夫 <u>摳福衣</u>	你的大名	**your name** 油兒 <u>內母</u>
少許冰塊	**some ice** <u>桑母</u> 愛司	你的電話號碼	**your phone number** 油兒 鳳 <u>難本兒</u>

句型 21　你會講○○嗎？

Can you speak＋語言？
肯　　油　　司必可

你會講中文嗎？	**Can you speak Chinese?** 肯 油 司必可 揣尼司
我會講一點英語。	**I can speak a little English.** 愛 肯 司必可 惡 力頭 英格力序

換個單字念念看

義大利語	**Italian** 義大利恩	法語	**French** 福潤娶
德語	**German** 久門	日語	**Japanese** 甲噴妮子

Part
1
50個超好用句型

Part
2
日常簡單用語

Part
3
旅遊會話

句型 22　○○不能(不會)○○。

主詞＋can't＋動詞＋名詞(介系詞片語).
肯特

我的孩子不會做功課。	**My children can't do homework.** 麥 秋豬潤 肯特 賭 後母我可
你不能跟他一起出去。	**You can't go out with him.** 油 肯特 夠 奧特 位子 喝伊母

換個單字念念看

我的小孩 / 吃海鮮	**My children / eat seafood** 麥 秋豬潤 / 衣特 夕父的	她 / 打掃家裡	**She / clean the house** 噓 / 可林 得 好司
我們 / 去買東西	**We / go shopping** 烏衣 / 夠 瞎拼	他 / 跟你 一起出去	**He / go out with you** 喝伊 / 夠 奧特 位子 油

句型 23　○○在哪裡？

Where is＋the 地方名詞？
惠兒　以司　　得

公車站牌在哪裡？	**Where is the bus stop?** 惠兒 以司 得 巴士 司達普
郵局在哪裡？	**Where is the post office?** 惠兒 以司 得 剖司特 歐福衣司

換個單字念念看

浴室	**bathroom** 貝司潤	銀行	**bank** 北恩客
餐廳	**restaurant** 瑞司特讓	醫院	**hospital** 哈司屁投

句型 24　這附近有○○嗎？

Is there a＋地方名詞＋around here?
以司　淚兒　惡　　　　　　　　　　　餓讓得　喝伊兒

| 這附近有轉搭地下鐵的車站嗎？ | **Is there a subway entrance around here?**
以司 淚兒 惡 沙伯未 誒特潤司 餓讓得 喝伊兒 |
| 這附近有理髮店嗎？ | **Is there a barber shop around here?**
以司 淚兒 惡 八本兒 下普 餓讓得 喝伊兒 |

換個單字念念看

| 藥局 | **pharmacy**
發門夕 | 洗手間 | **bathroom**
貝司潤 |
| 中國餐廳 | **Chinese restaurant**
揣尼司 瑞司特讓 | 警察局 | **police station**
趴力司 司爹迅 |

33

句型 25　麻煩請開到○○。

To ＋ 地點 , please.
兔　　　　　　　　普力司

麻煩請到中央公園。	**To Central Park, please.** 兔 仙戳 趴兒可，普力司
麻煩請開到梅西百貨公司。	**To Macy's Department Store, please.** 兔 梅西司 地扒特門特 司豆兒，普力司

換個單字念念看

迪士尼樂園	**Disney Land** 迪士尼 練得	白金漢宮	**Buckingham Palace** 巴克印漢 趴了司
格林威治	**Greenwich** 格林烏衣去	第五大道	**Fifth Avenue** 福衣福子 阿粉牛

Track 26

Part
1
50個超好用句型

Part
2
日常簡單用語

Part
3
旅遊會話

句型 26　坐○○嗎？

By＋交通工具？
拜

| 坐公車嗎？ | **by bus?**
拜 巴士 |
| 坐地下鐵嗎？ | **by subway?**
拜 沙伯未 |

換個單字念念看

| 計程車 | **taxi**
貼克西 | 飛機 | **plane**
普淚因 |
| 火車 | **train**
翠因 | 直升機 | **helicopter**
黑力卡普特 |

句型 27　○○多少個○○？

How many ＋可數複數名詞＋do
浩　　　妹尼　　　　　　　　　　　　　度
(does / did)＋主詞＋原形動詞？
（得司　/　低的）

你想要幾個蘋果？	**How many apples do you want?** 浩 妹尼 阿剖司 度 油 旺特
你看到了幾個學生？	**How many students did you see?** 浩 妹尼 司丟等此 低的 油 西

換個單字念念看

柳橙 / 你買了	**oranges / did you buy** 歐林局司 / 低的 油 拜	洗手間 / 它有	**bathrooms / does it have** 貝司潤司 / 得司 以特 黑夫
姐妹 / 她有	**sisters / does she have** 夕司特司 / 得司 噓 黑夫	小孩 / 他們想要	**children / do they want** 秋豬潤 / 賭 淚 旺特

句型 28 有多少○○？

How much＋不可數名詞＋do
浩　　　罵取
(does / did)＋主詞＋原形動詞？
（得司　/　低的）

你需要多少糖？	**How much sugar do you need?** 浩 罵取 咻<u>哥</u>兒 度 油 逆得
我有多少時間？	**How much time do I have?** 浩 罵取 <u>太母</u> 度 愛 黑夫

換個單字念念看

水 / 他喝了	**water / did he drink** 哇特 / 低的 <u>喝伊</u> 准可	鹽巴 / 她用了	**salt / did she use** 收特 / 低的 噓 油司
錢 / 約翰有	**money / does John have** 媽尼 / 得司 <u>九翰</u> 黑夫	米飯 / 你想要	**rice / do you want** <u>弱愛司</u> / 度 油 旺特

句型 29　請給我○○。

名詞＋please.
普力司

請給我鮪魚三明治。	**Tuna sandwich, please.** 兔呢 先得位去 ，普力司
請給我起士蛋糕。	**Cheese cake, please.** 起士 克欽可，普力司

換個單字念念看

咖啡	**coffee** 摳福衣	一些水果	**some fruit** 桑母 福鹿特
一份都市的地圖	**a city map** 惡 西替 妹普	雞肉	**chicken** 去肯

Track 🎧 **30**

Part
1
50個超好用句型

Part
2
日常簡單用語

Part
3
旅遊會話

句型 30　**請給我○○。**

Please give me 數量＋名詞.
普力司　　　給夫　　密

請給我兩塊餅乾。	**Please give me two cookies.** 普力司 給夫 密 兔 庫克衣司
請給我兩條毛巾。	**Please give me two towels.** 普力司 給夫 密 兔 淘歐司

換個單字念念看

兩張 / 郵票	**two / stamps** 兔 / 司天普司	三張 / 票	**three / tickets** 素力 / 梯克衣此
一本 / 書	**one / book** 萬 / 不可	一個 / 披薩	**a / pizza** 惡 / 披薩

句型 31　你要些○○嗎？

Would you like some＋名詞？
巫的　　油　賴克　桑母

你要來些飯嗎？	**Would you like some rice?** 巫的 油 賴克 桑母 弱愛司
你要來些茶嗎？	**Would you like some tea?** 巫的 油 賴克 桑母 梯

換個單字念念看

水	**water** 哇特	一些沙拉	**salad** 沙拉得
一些果汁	**juice** 啾司	一些麵包	**bread** 不瑞得

句型 32　有想要○○什麼嗎？

Anything to＋動詞？
宴尼幸　　　兔

有什麼要報稅的嗎？	**Anything to declare?** 宴尼幸 兔 地克淚兒
有想要吃什麼嗎？	**Anything to eat?** 宴尼幸 兔 衣特

換個單字念念看

喝	**drink** 准可	討論	**talk about** 頭可 惡抱特
說	**say** 誰	告訴我	**tell me** 貼歐 密

句型 33　有○○的嗎？

Anything＋比較級形容詞？
宴尼幸

有更好的嗎？	**Anything better?** 宴尼幸 貝特
有更便宜的嗎？	**Anything cheaper?** 宴尼幸 去<u>普兒</u>

換個單字念念看

更大	**bigger** 逼哥	更特別	**more special** 摸兒 司背秀
更普通	**more common** 摸兒 抗門	更早	**earlier** 耳力耳

Part
1
50個超好用句型

Part
2
日常簡單用語

Part
3
旅遊會話

句型 34　　○○壞了。

The 名詞＋is broken.
　　得　　　　　　　以司　不肉肯

電視壞了。

The TV is broken.
得 梯逼 以司 不肉肯

暖氣壞了。

The heater is broken.
得 喝衣特 以司 不肉肯

換個單字念念看

AC
AC
欸西

鎖
lock
拉可

冰箱
refrigerator
銳福衣局銳特

按摩浴缸
Jacuzzi
基庫記

句型 35 ○○想去○○。

主詞＋want(s) to＋動詞＋名詞.
旺特（忘詞）　兔

她想買一輛車。	**She wants to buy a car.** 噓 忘詞 兔 拜 惡 卡兒
我們想要退還這個。	**We want to refund this.** 烏衣 旺特 兔 銳放得 力司

換個單字念念看

我 / 點一杯飲料	**I / order a drink** 愛 / 歐得兒 惡 准可	他們 / 付帳	**They / pay the bill** 淚 / 配 得 必歐
她 / 休息	**She / take a rest** 噓 / 貼克 惡 銳司特	我們 / 預約	**We / make a reservation** 烏衣 / 妹克 惡 瑞者非迅

句型 36　　○○想要○○。

主詞＋want(s)＋名詞.
旺特 (忘詞)

瑪莉想要一個起司漢堡。	**Mary wants a cheeseburger.** 美莉 忘詞 惡 妻子本兒-哥兒
我想要一個海鮮比薩。	**I want a seafood pizza.** 愛 旺特 惡 夕父的 披薩

換個單字念念看

我 / 高麗菜	**I / a cabbage** 愛 / 惡 卡必基
他們 / 退款	**They / a refund** 淚 / 惡 銳放得

瑪莉 / 一些冰淇淋	**Mary / some ice cream** 瑪莉 / 桑母 愛司 可里母
他 / 一張單人床	**He / a single bed** 喝伊 / 惡 欣勾 貝得

句型 37　○○尋找○○。

主詞＋Be動詞＋looking for＋名詞.
路克印　　　佛

他在尋找一條領帶。	**He is looking for a tie.** 喝伊 以司 路克印 佛 惡 太
他們在尋找靴子。	**They are looking for boots.** 淚 阿 路克印 佛 不此

換個單字念念看

他 / 一件背心	**He is / a vest** 喝伊 以司 / 惡 飛司特
他們 / 皮包	**They are / a bag** 淚 阿 / 惡 背哥

我 / 一套西裝	**I am / a suit** 愛 阿母 / 惡 速特
她 / 一件夾克	**She is / a jacket** 噓 以司 / 惡 甲克欽特

句型 38　我不喜歡○○。

I don't like the＋名詞.
愛　　洞特　　賴克　　得

我不喜歡這本書。	**I don't like the book.** 愛 洞特 賴克 得 不可
我不喜歡這鞋子。	**I don't like the shoes.** 愛 洞特 賴克 得 咻司

換個單字念念看

食物	**food** 父的	材質	**material** 門梯里歐
顏色	**color** 卡了	口味	**flavor** 福淚福兒

句型 39　你有○○的○○嗎？

Do you have a ＋比較級形容詞
度　　油　　　黑夫　惡

＋名詞？

你有比較小的尺寸嗎？	**Do you have a smaller size?** 度 油 黑夫 惡 司眸了 賽子
你有（比較年長）的哥哥嗎？	**Do you have an older brother?** 度 油 黑夫 安 歐得兒 布拉得

換個單字念念看

比較大的 / 尺寸	**larger / size** 拉局兒 / 賽子	比較小的 / 裙子	**smaller / skirt** 司眸了 / 司哥兒特
比較大的 / 袋子	**bigger / bag** 必哥兒 / 背哥	比較長的 / 假髮	**longer / wig** 龍哥 / 位哥

Track ◎ **40**

Part **1**
50個超好用句型

Part **2**
日常簡單用語

Part **3**
旅遊會話

句型 40　○○多少錢？

How much is the＋名詞？
浩　　　罵取　以司　得

票要多少錢？	**How much is the ticket?** 浩 罵取 以司 得 梯克衣特
車子要多少錢？	**How much is the car?** 浩 罵取 以司 得 卡兒

換個單字念念看

書	**book** 不可	裙子	**skirt** 司哥兒特
費用	**fare** 非兒	休旅車	**van** 飛恩

句型 41　你能○○多○○？

How＋形容詞＋can you＋動詞？
浩　　　　　　　　　　肯　　油

你可以等多久？	**How long can you wait?** 好 弄 肯 油 未特
你可以跑多快？	**How fast can you run?** 浩 妃司特 肯 油 軟

換個單字念念看

長 / 停留	**long / stay** 弄 / 司爹	快 / 打字	**fast / type** 發司特 / 太普
快 / 到這裡	**quick / get here** 哭依可 / 給特 喝伊兒	慢 / 走	**slow / walk** 司漏 / 我可

句型 42　你〇〇什麼〇〇？

What＋名詞＋do you＋動詞？
華特　　　　　　　　度　油

你做什麼運動？	**What sport do you play?** 華特 司剖特 度 油 普淚
你喜歡什麼動物？	**What animals do you like?** 華特 欸恩呢謀司 度 油 賴克

換個單字念念看

遊戲 / 玩	**games / play** 給母司 / 撲淚	季節 / 喜歡	**season / like** 夕怎 / 賴克
顏色 / 想要	**color / want** 卡了 / 旺特	歌曲 / 知道	**songs / know** 送詞 / 諾

51

句型 43　你喜歡什麼樣的○○？

What kind of＋名詞＋do you like?
華特　開恩的　歐夫　　　　　　　度　　油　　賴克

你喜歡什麼樣的電影？	**What kind of movie do you like?** 華特 開恩的 歐夫 母逼 度 油 賴克
你喜歡什麼樣的女孩？	**What kind of girl do you like?** 華特 開恩的 歐夫 各樓 度 油 賴克

換個單字念念看

音樂	**music** 妙記可	小說	**novel** 那佛
故事	**story** 司豆里	水果	**fruit** 福鹿特

句型 44　真是個○○啊！

What a＋形容詞＋名詞？
華特　惡

真是個美好的世界！	**What a wonderful world.** 華特 惡 萬得佛 我歐的
真是美妙的一天！	**What a great day.** 華特 惡 古銳特 爹

換個單字念念看

很棒的 / 景觀	**great / view** 古銳特 / 福尤	冷酷的 / 男人	**cool / man** 庫歐 / 面
美好的 / 一天	**wonderful / day** 萬得佛 / 爹	漂亮的 / 女人	**pretty / woman** 普里梯 / 窩門

句型 45　你○○哪一個○○？

Which＋名詞＋do you＋動詞？
呼衣取　　　　　　　　度　油

你走哪一條路？	**Which way do you go?** 呼衣取 威 度 油 勾
你選哪一個顏色？	**Which color do you pick?** 呼衣取 卡了 度 油 屁可

換個單字念念看

書 / 需要	**book / need** 不可 / 逆得	公車 / 搭乘	**bus / take** 巴士 / 貼克
襯衫 / 喜歡	**shirt / like** 噓兒特 / 賴克	戒指 / 挑選	**ring / pick** 玲 / 屁可

句型 46　哇！○○是○○的。

Wow！The 名詞＋is＋形容詞！
哇嗚！　　　得　　　　以司

哇！這洋裝真是漂亮！	Wow! The dress is gorgeous! 哇嗚! 得 最司 以司 狗假死!
哇！這禮物真是特別！	Wow! The gift is very special! 哇嗚! 得 給夫特 以司 飛里 司背秀!

換個單字念念看

表演 / 棒	**show / great** 秀 / 古銳特	男孩 / 可愛	**boy / cute** 剝衣 / 哭尤特
建築 / 壯觀	**building / enormous** 逼歐頂 / 衣諾門司	音樂會 / 驚人	**concert / amazing** 抗舍特 / 惡妹記因

句型 **47**　我有○○。

I have＋疾病名.
愛　　黑夫

我發燒了。	**I have a fever.** 愛 黑夫 惡 福衣-福兒
我咳嗽。	**I have a cough.** 愛 黑夫 惡 扣福

換個單字念念看

頭痛	**a headache** 惡 黑的欸可	香港腳	**athlete's foot** 欸司力特 富特
耳朵痛	**an earache** 厭 衣兒欸可	咳嗽	**a cough** 惡 扣福

句型 48　我的○○痛。

所有格＋器官＋hurts.
喝兒此

凱倫的背部下方會痛。	**Karen's lower back hurts.** 凱倫司 漏兒 貝克 喝兒此
我的膝蓋痛。	**My knees hurt.** 麥 尼司 喝兒特

換個單字念念看

我的 / 胃	**my / tummy** 麥 / 他秘	她的 / 牙齒	**her / tooth** 喝兒 / 兔士
他的 / 腿	**his / leg** 喝伊子 / 淚哥	梅莉莎的 / 手臂	**Melissa's / arm** 梅莉莎司 / 阿兒母

句型 49　○○遺失了○○的○○。

主詞＋lost＋所有格＋名詞.
漏司特

我遺失了我的鑰匙。	**I lost my keys.** 愛 漏司特 麥 克衣司
他遺失了他的護照。	**He lost his passport.** 喝伊 漏司特 喝伊子 扒司剖特

換個單字念念看

我 / 我的信用卡	**I / my credit card** 愛 / 麥 克瑞滴特 卡兒得	她 / 她的項鍊	**She / her necklace** 噓 / 喝兒 內可力司
他 / 他的皮夾	**He / his wallet** 喝伊 / 喝伊子 哇力特	他們 / 他們的相機	**They / their camera** 淚 / 淚兒 克欸門拉

Track ◎ 50

Part
1
50個超好用句型

Part
2
日常簡單用語

Part
3
旅遊會話

句型 50　○○是○○的。

主詞＋Be動詞＋形容詞.

我累了。	**I'm tired.** 愛母 太兒的
他擔心。	**He is worried.** 喝伊 以司 我銳的

換個單字念念看

我 / 高興	**I am / happy** 愛 欸母 / 黑皮	她 / 傷心的	**She is / sad** 噓 以司 / 誰的
他 / 緊張的	**He is / nervous** 喝伊 以司 / 呢福兒司	我們 / 忙碌	**We are / busy** 烏衣 阿 / 逼急

MEMO

Part 2

日常簡單用語

標記小貼士！

▶ 2個以上的中文拼音，下面有＿＿（底線）時，記得要把底線上的字，全部合起來唸成1個音。例如：

his（他）要唸成「**喝伊**子」喔！

（小訣竅：「**喝伊**」念快一點，就變成「**喝伊**」囉！）

memo

你好！	**Hello.** 哈囉
嗨！	**Hi.** 害
早安。	**Good morning.** 古得 摸玲
午安。	**Good afternoon.** 古得 阿福特怒恩
您好嗎？(初次見面)	**How do you do?** 浩 度 油 度
你好嗎？	**How are you?** 浩 阿 油
很高興認識你！	**Nice to meet you!** 耐司 兔 密特 油!
發生了什麼事？	**What's up?** 華次 阿普

Part
1
50個超好用句型

Part
2
日常簡單用語

Part
3
旅遊會話

② 再見

Track ◎ 52

再見！	**Good-bye.** 古得-拜
再見！	**Bye Bye.** 拜 拜
回頭見。	**See you later.** 西 油 淚特兒
待會見。	**Later.** 淚特兒
晚安！	**Good night.** 古得 耐特
祝你有美好的一天。	**Have a nice day.** 黑夫 惡 耐司 爹
一路順風。	**Have a good flight.** 黑夫 惡 古得 福來特
保重。	**Take care.** 貼克 克欸兒

是的。	**Yes. / Yeah.** 也司 / 鴨
是的，沒錯。	**Yeah, right.** 鴨，<u>弱愛</u>特
我明白。	**I see. / I think so.** 愛 西 / 愛 幸克 受
原來如此。	**Oh, that's why.** 歐，列此 壞
不，謝謝你。	**No, thank you.** 諾，仙可 油
我可不這麼認為。	**I don't think so.** 愛 洞特 幸克 受
沒關係。	**That's ok.** 列此 歐克<u>欸</u>
好 / 沒問題。	**OK.** 歐克<u>欸</u>

Part
1
50個超好用句型

Part
2
日常簡單用語

Part
3
旅遊會話

非常感謝。	**Thank you very much.** 仙可 油 飛里 罵取
謝謝。	**Thanks.** 仙可死
哇，你真好。	**Wow, that's so nice of you.** 哇嗚，列此 受 耐司 歐夫 油
謝謝你的幫忙。	**Thanks for your help.** 仙可死 佛 油兒 黑歐普
謝謝你抽空。	**Thanks for your time.** 仙可死 佛 油兒 太母

❺ 不客氣

Track ◎ **55**

不客氣。	**You're welcome.** 尤而 威歐抗母
不必擔心這個。	**Well, don't worry about it.** 威歐，洞特 我銳衣 惡抱特 衣特
不客氣。	**Not at all.** 那特 欸特 歐
沒問題。	**No problem.** 諾 普辣本
這是我的榮幸。	**My pleasure.** 麥 撲淚舅
喔！那沒什麼。	**Oh, it's nothing.** 歐，以次 那幸
真的！那沒什麼。	**Really, it's nothing much.** 銳力，以次 那幸 罵取
不要在意！	**Don't mention it.** 洞特 媚恩尋 衣特

⑥ 對不起　　Track ◎ 56

我很抱歉。	**I'm sorry.** 愛母 受里
對不起。	**Sorry.** 受里
我道歉。	**I apologize.** 愛 惡趴了踑子
我對那事感到遺憾。	**I'm sorry about that.** 愛母 受里 惡抱特 列特
噢！對不起。	**Oops. Sorry.** 烏普司 受里
請原諒我。	**Please forgive me.** 普力司 佛給夫 蜜

對不起。	**Excuse me.** 衣克司哭尤司 密
對不起,先生 / 小姐。	**Excuse me, sir / ma'am.** 衣克司哭尤司 密,社兒 / 美恩
請你告訴我…好嗎?	**Would you please tell me…?** 巫的 油 普力司 貼歐 密
有誰知道…	**Does anybody know…?** 得司 宴尼巴地 諾…
對不起,能打擾你一分鐘嗎?	**Excuse me, do you have a minute?** 衣克司哭尤司 密,度 油 黑夫 惡 秘尼特
很抱歉打擾你,不過…。	**Sorry to bother you, but….** 受里 兔 八得 油,八特…
我可以問 / 請求…。	**May I ask….** 妹 愛 阿司可

Part
1
50個超好用句型

Part
2
日常簡單用語

Part
3
旅遊會話

⑧ 請再說一次

Track ◎ 58

再說一次好嗎？	**Pardon?** 趴兒等
再說一次好嗎？	**Excuse me?** 衣克司哭尤司 密
可以請你重複一遍嗎？	**Could you please repeat that?** 庫 秋 普力司 里屁特 列特
你介意再說一遍嗎？	**Do you mind saying that again?** 度 油 麥的 誰印 列特 惡給因
對不起，我剛剛沒有聽清楚。	**I'm sorry, I didn't catch that.** 愛母 受里，愛 低等特 可欸去 列特
你剛剛說什麼？	**What did you say?** 華特 低的 油 誰

（表示驚奇等）啊！糟了！	**Gosh!** 狗許！
（表示驚訝，讚賞等）哇！咦！啊！	**Gee!** 局！
這個嘛！	**Well!** 威歐！
（感嘆詞）真是的！	**Shoot!** 咻特！
（表示驚訝、狼狽、謝罪等的叫聲）哎喲！	**Oops!** 烏普司！
得了吧！	**Come on!** 抗母 昂！
噢，天啊！	**Oh, my!** 歐，麥！
沒這回事 / 不可能！	**No way!** 諾 威！

Part 3
旅遊會話

標記小貼士！

▶ 看到句型有 ～～～～～～～（波浪底線）時，代表這個地方的單字可以用下面的單字替換看看，就能變成全新的句子了！

▶ 2個以上的中文拼音，下面有＿＿（底線）時，記得要把底線上的字，全部合起來唸成1個音。例如：**his**（他）要唸成「**喝伊子**」喔！

（小訣竅：「**喝伊**」念快一點，就變成「**喝伊**」囉！）

memo

① 我要柳丁汁

Track ◎ **60**

問	你想要喝點飲料嗎？

Would you like something to drink?

巫的 油 賴克 桑幸 兔 准印可

答	柳丁汁，謝謝。

Orange juice, please.

歐林局 啾司，普力司

換個單字念念看

咖啡	**Coffee** 摳福衣	水	**Water** 哇特
茶	**Tea** 替	紅酒	**Red wine** 瑞得 外印
蘋果汁	**Apple juice** 阿剖 啾司	啤酒	**Beer** 比兒
汽水	**Soda** 搜達		

例句

Part
1
50個超好用句型

Part
2
日常簡單用語

Part
3
旅遊會話

不要加冰塊，謝謝你。	**No ice, please.** 諾 愛司，普力司
再來一杯啤酒，謝謝你。	**Another beer, please.** 惡那得 比兒，普力司
要些花生，謝謝你。	**Some peanuts, please.** 桑母 屁那此，普力司
一支吸管，謝謝你。	**A straw, please.** 惡 司抓，普力司
多加一點冰塊，謝謝你。	**More ice, please.** 某兒 愛司，普力司
再回沖一些咖啡，謝謝你。	**A refill, please.** 惡 里福衣歐，普力司
請給我一整罐。	**The whole can, please.** 得 厚 肯恩，普力司
雞尾酒要多少錢？	**How much is a cocktail?** 浩 罵取 以司 惡 卡庫貼歐
這是現搾的新鮮果汁嗎？	**Is the juice fresh-squeezed?** 以司 得 啾司 福銳許-司盎子
麻煩一下，我要去咖啡因的。	**Decaf, please.** 低卡夫，普力司

② 給我雞肉飯

Track ◎ **61**

問 要雞肉飯還是魚排麵？

Chicken rice or fish noodles?

去肯 弱愛司 歐兒 福衣許 奴豆司

答 雞，謝謝你。

Chicken, please.

去肯，普力司

換個單字念念看

麵包	**Bread** 不瑞得	豬肉	**Pork** 迫兒可
沙拉	**Salad** 沙累的	素菜餐	**A vegetarian meal** 惡 飛局貼里恩 迷歐
水果	**Fruit** 福鹿特	兒童餐	**A child's meal** 惡 揣歐子 迷歐
牛肉	**Beef** 必福	牛排	**Steak** 司貼可

Part
1
50個超好用句型

Part
2
日常簡單用語

Part
3
旅遊會話

我已經叫了一份嬰兒餐。	**I ordered an infant meal.** 愛 歐得的 欸恩 因份 迷歐
你們有沒有泡麵？	**Do you have instant noodles?** 賭 油 黑夫 因司天特 奴豆司
我可以再要一份餐嗎？	**Can I have another meal?** 肯 艾 黑夫 惡那得 迷歐
可以，如果我們有剩的話。	**Yes, if we have any left.** 也司，衣福 烏衣 黑夫 宴尼 累夫特
對不起，我們只剩魚麵。	**Sorry, we only have fish noodles left.** 受里，烏衣 歐里 黑夫 福衣許 奴都司 累夫特
可以請你幫我清一下餐盤嗎？	**Can you please clear my tray?** 肯 油 普力司 克力兒 麥 吹
幾點開始供應晚餐？	**What time will dinner be served?** 華特 太母 烏衣歐 迪呢 比 蛇夫的
我討厭飛機食物。	**I hate airplane food.** 愛 黑特 欸惡普練 父的

③ 請給我一條毛毯

Track ◎ 62

句型　請給我一條毛毯好嗎？

May I have a blanket, please?

妹 愛 黑夫 惡 不連克衣特，普力司

換個單字念念看

一個枕頭	**a pillow** 惡 屁漏
耳機	**ear phones** 衣兒 鳳司
一份中文報紙	**a Chinese newspaper** 惡 揣尼司 牛司配普兒
免稅商品目錄	**the duty-free catalogue** 得 丟梯-夫力 可特漏股
可以讓我小孩子可以玩的東西	**something for my kids to play with** 桑幸 佛 麥 克衣司 兔 撲淚 位子

④ 請問廁所在哪裡？　　　Track ◎ 63

句型　對不起，請問廁所在哪裡？

Excuse me, where is the bathroom?

衣克司哭尤司 密，惠兒 以司 得 貝司潤

換個單字念念看

洗手間	**the lavatory** 得 累否投里	閱讀燈	**the reading light** 得 瑞頂 來特
商務客艙	**business class** 逼及逆司 克拉司	逃生門	**the emergency exit** 得 衣門俊西 欸哥幾特
我的安全帶	**my seat belt** 麥 西次 背歐特	救生衣	**life vest** 來福 飛司特

 例句

我的旅行袋放不進去。	**My bag won't fit.** 麥 背哥 翁特 福衣特
對不起。	**Excuse me.** 衣克司哭尤司 密

我可以跟你換位子嗎？	**Can I switch seats with you?** 肯 艾 司位去 西此 位子 油
我可以把椅子放下來嗎？	**Can I recline my seat?** 肯 艾 里可來因 麥 西次
對不起，麻煩你把椅子拉上好嗎？	**Excuse me, can you put your seat up, please?** 衣克司哭尤司 密，肯 油 撲特 油兒 西次 阿普，普力司
這是免費的嗎？	**Is this free?** 以司 力司 夫力
洛杉磯幾點？	**What time is it in Los Angeles?** 華特 太母 以司 以特 印 樓杉局了司
您說什麼？	**Pardon me?** 趴兒等 秘
上午7點40分。	**It's seven forty a.m.** 以次 些分 否踢 欸 欸母
飛機上要播放哪一部電影？	**What movies will you be showing on this flight?** 華特 母逼司 烏衣歐 油 比 秀印 昂 力司 福來特
我可以坐在緊急出口處的那排座位嗎？	**Can I sit in an exit row?** 肯 艾 夕特 印 欸恩 欸哥幾特 落
我想要有更多空間把腳伸直。	**I like the extra leg room.** 艾 賴克 得 欸渴死出阿 淚哥 潤

⑤ 跟鄰座乘客聊天　　Track ◎ **64**

問　你會說英文嗎？

Can you speak English?

肯 油 司必可 英格力序

答　會，會一點。

Yes, a little.

也司，惡 力頭

換個單字念念看

日文	**Japanese** 甲噴尼子	西班牙文	**Spanish** 司陪尼許
中文	**Chinese** 揣尼司	台語	**Taiwanese** 台灣尼司
德文	**German** 糾門	法文	**French** 福潤去

 例句

我正在學習中。	**I'm learning.** 愛母 樂玲
我的英文不太好。	**My English is not good.** 麥 英格力序 以司 那特 古得

你要去哪裡？	**Where are you going?** 惠兒 阿 油 勾印
是的，現在是到西雅圖旅行的最好時間。	**Yeah, it's the best time to visit Seattle.** 鴨，以次 得 背司特 太母 兔 比夕特 西阿頭
你是為了公事出差還是休閒旅遊？	**Are you traveling for business or for pleasure?** 阿 油 催否林 佛 逼及逆司 歐兒 佛 撲淚舅兒
我希望我可以去澳洲渡個假。	**I wish I could take a vacation to Australia.** 愛 位許 愛 庫得 貼克 兒 非克欸迅 兔 喔司吹力亞
你喜歡飛機上的食物對吧？	**Don't you just love airplane food?** 洞特 油 架司特 辣舞 欸惡普練 父的
你有小孩嗎？	**Do you have any kids?** 兔 油 黑夫 宴尼 克衣此
我兒子在美國讀書。	**My son is studying in the States.** 麥 撒恩 以司 司達頂 印 得 司貼此
你來自歐洲嗎？	**Are you from Europe?** 阿 油 夫讓 尤若普

⑥ 我是來觀光的

Part
1
50個超好用句型

Part
2
日常簡單用語

Part
3
旅遊會話

問	你旅行的目的為何？

What is the purpose of your visit?

華特 以司 得 普兒剖司 歐夫 油兒 逼及特

答	觀光。

Sight-seeing.

賽特 - 西因

換個單字念念看

讀書	**For study** 佛 司答滴	探親	**Visiting relatives** 逼及聽 銳連梯司
工作	**Business** 逼及逆司	拜訪朋友	**Visiting friends** 逼及聽 夫連此

⑦ 我住達拉斯的假期酒店

問	你會待在哪裡？

Where will you stay?

惠兒 烏衣歐 油 司爹

答	達拉斯的假期酒店。

At the Holiday Inn in Dallas.

欸特 得 哈了爹 因 印 達拉司

換個單字念念看

和朋友住	**With my friends** 位子 麥 夫連此	和家人	**With family** 位子 飛門力

和同事 位子 麥 咖力哥	**With my colleague**
在希爾頓飯店	**At the Hilton** 欸特 得 喝依歐藤

在學校的宿舍	**In the school dorms / In the school dormitory** 因 得 撕固歐 豆兒母司 / 因 得 撕固歐 豆兒迷投里

例句

你有朋友的地址嗎？	**Do you have your friend's address?** 賭 油 黑夫 油兒 夫連此 欸最司
我現在沒有帶地址。	**I don't have the address with me now.** 愛 洞特 黑夫 得 欸最司 位子 密 鬧
我朋友住在芝加哥。	**My friend lives in Chicago.** 麥 夫連得 力五司 印 噓咖夠
我不太會說英文。	**I don't speak English well.** 愛 洞特 司必可 英格力序 餵歐
我兒子會在甘迺迪機場接我。	**My son will pick me up at JFK Airport.** 麥 撒恩 烏衣歐 屁可 密 阿普 欸特 尖欸福克欸 欸兒剖特
是的，這是飯店的地址。	**Yeah, the address of the hotel is here.** 鴨，得 欸最司 歐夫 得 后貼歐 以司 喝伊兒
租車服務台在哪裡？	**Where are the car rental agencies?** 惠兒 阿 得 卡兒 瑞恩投 欸俊夕司

Part
1
50個超好用句型

Part
2
日常簡單用語

Part
3
旅遊會話

旅館有提供小型巴士載客服務嗎？	**Does the hotel have a van?** 得司 得 后貼歐 黑夫 惡 非恩

→ Topic 1・在飛機上

⑧ 我停留十四天

Track ◎ **67**

問　你會停留多久呢？

How long will you stay?

好 弄 烏衣歐 油 司爹

答　十四天。

14 days.

否聽 爹司

換個單字念念看

只有五天	**Only five days** 翁力 壞夫 爹司	一個月	**A month** 惡 馬恩司
一個禮拜	**A week** 惡 烏衣可	大概十天	**About ten days** 惡抱特 貼嗯 爹司
大概兩個禮拜	**About two weeks** 惡抱特 兔 烏衣渴死	半年	**Half a year** 哈福 惡 易兒

⑨ 我要換錢

Track ◎ 68

我想兌換五千台幣，謝謝你。	**I want to exchange 5000 NT dollars, please.** 愛 旺 兔 衣克司勸局 懷夫刀怎 恩梯 打了司，普力司
現在的兌幣匯率是多少？	**What is the exchange rate?** 華特 以司 得 衣克司勸局 銳特
旅行支票兌現，麻煩你。	**I'd like to cash a traveler's check, please.** 艾得 賴克 兔 卡許 惡 吹佛了司 卻克，普力司
台幣換成美金。	**From NT to US dollars.** 夫讓 恩替 兔 油司 打了司
台幣換成歐元。	**From NT to Euros.** 夫讓 恩替 兔 尤弱司
你可以把一百元換成小鈔嗎？	**Can you break a hundred?** 肯 油 布銳可 惡 憨醉的
麻煩你給我一些小鈔。	**Small bills, please.** 司眸 必歐司，普力司
手續費是多少錢？	**How much is the commission?** 浩 罵取 以司 得 抗秘迅
請在這裡簽名。	**Please sign here.** 普力司 賽印 喝伊兒
護照，麻煩你。	**Passport, please.** 扒司剖特，普力司

⑩ 您有需要申報的東西嗎？　　　Track ◎ **69**

問　麻煩你把袋子打開。這是什麼？

Would you open your bag, please?
What's this?

巫的 油 歐噴 油兒 背哥，普力司？華次 力司？

答　這是我的照相機。

It's my camera.

以次 麥 克欸門拉

換個單字念念看

化妝品	**make-up** 妹克-阿普	給我孫子 的禮物	**gift for my grandson** 給夫特 佛 麥 古瑞恩得桑
胃藥	**medicine for my stomach** 媚的森 佛 麥 司達秘可	書	**book** 不可
安眠藥罐	**bottle of sleeping pills** 巴頭 歐夫 司力拼 屁歐司	衣服	**clothes** 可漏司
筆記型電腦	**lap-top computer** 累普-他普 卡母普尤特		

先生，有需要申報的東西嗎？	**Anything to declare, sir?** 宴尼幸 兔 地克淚兒，舍
你想要檢查多少個旅行袋？	**How many bags do you want to check?** 浩 妹尼 背哥司 賭 油旺 兔 卻克
你有多少行李？	**How many pieces of luggage do you have?** 浩 妹尼 屁司 歐夫 辣哥衣局 賭 油 黑夫
我可以在哪裡拿到行李推車？	**Where can I get a luggage cart?** 惠兒 肯 艾 給特 惡 辣哥衣局 卡兒特
行李領取處在哪裡？	**Where is the baggage claim?** 惠兒 以司 得 貝哥衣局 可淚母
失物招領處在哪裡？	**Where is the lost and found?** 惠兒 以司 得 漏司特 欸恩得 放的
詢問處理遺失行李的櫃檯在哪裡？	**Where is the lost luggage counter?** 惠兒 以司 得 漏司特 辣哥衣局 抗恩特
我想我的背包已經被用壞了。	**I think my bag has been damaged.** 愛 幸克 麥 背哥 黑司 必因 達秘局的
我該怎麼申請賠償？	**How can I file for compensation?** 浩 肯 艾 壞歐 佛 康朋誰迅
我該去哪裡通過海關檢查？	**Where can I go through customs?** 惠兒 肯 艾 夠 司路 卡司疼司

Part
1
50個超好用句型

Part
2
日常簡單用語

Part
3
旅遊會話

好的，你現在可以離開了。	**OK, you can go now** 歐克欽，油 肯 夠 鬧	

好用單字

手提行李	**carry-on bag** 克欽里-昂 背哥	頭等艙	**first class** 福兒司特 可拉司
超重	**overweight** 歐福兒威特	檢查	**check** 郤克
經濟客艙	**economy class** 衣康呢秘 可拉司	機場服務中心	**Airport Information Center** 欸兒剖特 印佛妹迅 仙特
商務客艙	**business class** 逼及逆司 可拉司	公事包	**briefcase** 布里福克欸司

→ Topic 1 · 在飛機上

⑪ 轉機　　　　　　　　　　Track ◎ **70**

轉機服務台在哪裡？	**Where is the transfer desk?** 惠兒 以司 得 全司福兒 爹司克
我要過境到達拉斯。	**I need to transit to Dallas.** 艾 逆得 兔 全夕特 兔 達拉司

班機何時出發？	**When will the flight depart?** 惠恩 烏衣歐 得 福來特 低趴特
登機時間是幾點？	**What's the boarding time?** 華次 得 伯頂 太母
16號登機門在哪裡？	**Where is Gate No. 16?** 惠兒 以司 給特 難本兒 夕可司停
我該如何去第三航廈？	**How do I get to Terminal 3?** 浩 賭 愛 給特 兔 特迷呢歐 素力
我的背包必須再檢查一次。	**I need to recheck my bags.** 艾 逆得 兔 里切可 麥 背哥司
我需要辦新的登機證嗎？	**Do I need a new boarding pass?** 賭 艾 逆得 惡 紐 伯頂 趴司

➡ Topic 1・**在飛機上**

⑫ 怎麼打國際電話？　　Track ◎ **71**

對不起，你有一元美金的零錢嗎？	**Excuse me, do you have change for a dollar?** 衣克司哭尤司 密，賭 油 黑夫 勸局 佛 惡 答了

撥打本地電話是多少錢？	**How much is a local call?** 浩 罵取 以司 惡 漏扣 扣
35塊錢可以打幾分鐘的電話？	**35 for how many minutes?** 蛇踢懷夫 佛 浩 妹尼 迷你次
這附近有公共電話嗎？	**Is there a public phone around here?** 以司 淚兒 惡 怕伯力可 鳳 餓讓得 喝伊兒
你可以教我怎麼打電話嗎？	**Can you show me how to make a phone call ?** 肯 油 秀 密 浩 兔 妹克 惡 鳳 扣
要怎麼打對方付費的電話？	**How do you make a collect call?** 浩 賭 油 妹克 惡 卡淚可特 扣
首先撥0，總機會幫你服務。	**Just dial "0". The operator will help you.** 架司特 逮歐 "記弱" 得 阿普兒瑞特 烏衣歐 黑歐普 油
我想要打一通對方付費的電話。	**I'd like to make a collect call.** 艾得 賴克 兔 妹克 惡 可累可特 扣

⑬ 我要打市內電話

Track ◎ 72

喂！	**Hello!** 哈囉
嗨！我是南希，鮑伯在家嗎？	**Hi. This is Nancy. Is Bob there?** 害 力司 以司 南希。以司 巴伯 涙兒
他剛剛外出。	**He just stepped out.** 喝伊 架司特 司貼普特 傲特
那麼請你轉告他，我來電過待會兒再打給他。	**Would you please tell him that I called and I'll call back later.** 巫的 油 普力司 貼歐 喝伊母 涙特 愛 扣的 欸恩得 艾歐 扣 貝克 涙特
好的，我會轉告他的。	**Ok. I'll give him the message.** 歐克欸 艾歐 給夫 喝伊母 得 妹誰局

美國錢幣介紹

一元鈔票	**a dollar bill** 惡 答了 必歐	五分錢	**a nickel: 5¢** 惡 尼扣：懷夫 仙此
1便士：一分錢	**a penny: 1¢(cent)** 惡 配尼：萬 仙特(仙特)	1角：10分錢	**a dime: 10¢** 惡 呆母：天 仙此

2角5分	**a quarter: 25¢** 惡 闊特：團體壞夫 仙此	一元硬幣	**one-dollar coin: $1.00** 萬-答了 口印：萬 打了
五角銀幣	**a fifty-cent piece: 50¢** 惡 福衣福梯-仙特 屁 司：費夫梯 仙此	五元紙鈔	**five-dollar bill: $5.00** 壞夫-答了 必歐：壞夫 達了司

➔ Topic 1 · 在飛機上

⑭ 請給我一份市區地圖　　　　Track ◎ 73

句型　請給我一份市區地圖。

A city map, please.

兒 西替 妹普，普力司

換個單字念念看

紐約市導覽	**A New York City Guide** 惡 紐 有克 西替 蓋得	公車路線 說明（地 圖）	**Bus routes (map)** 巴士 繞此（妹普）
一日遊資訊	**One-day Tour Info** 萬爹 兔兒 印佛	市區飯店 清單	**A list of hotels downtown** 惡 力司特 歐夫 后貼歐 司 當湯
滑雪行程 資訊	**Skiing Tour Info** 司哥衣因 兔兒 印佛		

① 我要訂一間單人房

句型　我要預約單人房。

I want to reserve a single room.
愛 旺 兔 瑞色五 惡 欣勾 潤

換個單字念念看

雙人床	**a twin room** 惡 禿鷹 潤	附淋浴的 房間	**a room with a shower** 惡 潤 位子 惡 蕭兒
兩張床	**a double room** 惡 答伯 潤	附冷氣的 房間	**a room with air-conditioning** 惡 潤 位子 欸兒-看低訓寧
四人房間	**a four-person room** 惡 否兒-普兒神 潤	可以看到 海的房間	**a room with an ocean view** 惡 潤 位子 欸恩 歐巡 福尤

序數的說法

一	**first** 福兒司特	五	**fifth** 福衣福思
二	**second** 誰肯的	六	**sixth** 夕可思
三	**third** 色的	二十一	**twenty-first** 團體-福兒司特
四	**fourth** 否兒思	三十	**thirtieth** 色梯也思

② 我要住宿登記

Track ◎ **75**

我叫陳明。	**My name is Chen Ming.** 麥 念 以司 陳 明
我有預約。	**I have a reservation.** 愛 黑夫 惡 瑞者非迅
我沒有預約。	**I don't have a reservation.** 愛 洞特 黑夫 惡 瑞者非迅
我今晚想住宿。	**I need a room for the night.** 艾 逆得 惡 潤 佛 得 耐特
有空房間嗎？	**Do you have a room available?** 賭 油 黑夫 惡 潤 惡飛了伯
我們有訂房，名字是陳明。拼法是 C-H-E-N M-I-N-G。	**We have a reservation under Chen Ming. That's C-H-E-N M-I-N-G.** 烏衣 黑夫 惡 瑞者非迅 昂得 陳 明。列此 夕-欸去-衣-燕 欸母-愛-燕-局
我們何時可登記入住？	**When can we check in?** 惠恩 肯 烏衣 卻克 印
我現在可以住宿登記嗎？	**Can I check in now?** 肯 艾 卻克 印 鬧

包含早餐嗎？	**Is breakfast included?** 以司 不雷克費司特 印庫路迪
電梯哪裡？	**Where is the elevator?** 惠兒 以司 得 欸了飛特
你可以給我飯店的號碼嗎？	**Can you give me the hotel's number?** 肯 油 給夫 密 得 后貼歐次 難本兒
一晚住宿是多少錢？	**How much for one night?** 浩 罵取 佛 萬 耐特
還有更便宜的房間嗎？	**Are there any cheaper rooms?** 阿 淚兒 宴尼 去普兒 潤司
你有大一點的房間嗎？	**Do you have a bigger room?** 賭 油 黑夫 惡 逼哥兒 潤
三個人可住在同一間房間嗎？	**Can three people stay in a room?** 肯 素力 匹剖 司爹 印 惡 潤
退房是幾點？	**When is the checkout time?** 惠恩 以司 得 切克奧特 太母

③ 我要客房服務　　　　Track ◎ 76

有提供客房服務嗎？	**Do you have room service?** 賭 油 黑夫 潤 舍逼司
客房服務您好，有什麼我可以效勞的嗎？	**Room Service, may I help you?** 潤 舍逼司，妹 愛 黑歐普 油
這裡是503號房。我想要叫早餐。	**Yes, this is room 503. I'd like to order some breakfast.** 也司，力司 以司 潤 壞夫歐素力。艾得 賴克 兔 歐得 桑母 不雷克費司特
你們有洗衣服務嗎？	**Do you have laundry service?** 賭 油 黑夫 藍醉 舍逼司
我想打市內電話。	**I want to make a local call.** 愛 旺 兔 妹克 惡 樓扣 扣
我想打長途電話。	**I want to make a long-distance call.** 愛 旺 兔 妹克 惡 弄-低司疼司 扣
我想打國際電話。	**I want to make an international call.** 愛 旺 兔 妹克 欸恩 因特內巡弄 扣
我想寄明信片。	**I'd like to send a postcard.** 艾得 賴克 兔 先得 惡 剖司特卡兒的

Part
1
50個超好用句型

Part
2
日常簡單用語

Part
3
旅遊會話

我要傳真。	**I'd like to send a fax.** 艾得 賴克 兔 先得 惡 非渴死
我可以用網路嗎？	**Could I use the Internet?** 庫得 愛 油司 得 印特內特

→ Topic 2・飯店

④ 麻煩給我兩杯咖啡　　　　　　Track ◎ **77**

句型　可以麻煩給我兩杯咖啡嗎？

Would you bring me two cups of coffee?

巫的 油 布玲 密 兔 卡普司 歐夫 摳福衣

換個單字念念看

一杯茶	**a cup of tea** 惡 卡布 歐夫 替	一壺 熱開水	**a pot of hot water** 惡 趴特 歐夫 哈特 哇特
一杯啤酒	**a glass of beer** 惡 哥拉司 歐夫 比兒	一些 新鮮水果	**some fresh fruit** 桑母 福銳婿 福鹿特

96　**Part 3**　○ 先練習一下　○ 再用英語聊聊天

⑤ 我要吐司   Track ◎ **78**

Part
1
50個超好用句型

Part
2
日常簡單用語

Part
3
旅遊會話

句型	我要吐司。

I'd like toast.
艾得 賴克 投司特

換個單字念念看

煎餅	**pancakes** 偏克欸可司	比薩	**pizza** 披薩
培根	**bacon** 背肯	三明治	**a sandwich** 惡 先得位娶
火腿加蛋	**ham and eggs** 黑母 欸恩得 欸哥司	臘腸	**sausage** 收夕急

⑥ 房裡冷氣壞了   Track ◎ **79**

句型	我房間的電視壞了。

The TV in my room is broken.
得 梯逼 印 麥 潤 以司 不肉肯

換個單字念念看

鎖	**lock** 拉可	暖氣	**heater** 喝伊特

迷你吧	**mini-bar** 迷你-吧	鬧鐘	**alarm clock** 惡拉母 可拉可
按摩浴缸	**Jacuzzi** 基庫記	吹風機	**hair-drier** 黑兒-踒兒
冷氣	**air conditioner** 欸兒 抗低訓呢	傳真	**fax machine** 發克斯 妹尋

句型 我可以要一條乾淨的床單嗎？

Can I have a clean sheet, please?

肯 艾 黑夫 惡 可林 噓特，普力司

換個單字念念看

一些衣架	**some hangers** 桑母 黑恩哥司	一些乾淨的毛巾	**some clean towels** 桑母 可林 桃歐司
一些冰塊	**some ice** 桑母 愛司	熨斗	**an iron** 欸恩 愛人
枕頭	**a pillow** 惡 屁漏	吹風機	**a hair-drier** 惡 黑兒-踒兒

 **例句**

Part
1
50個超好用句型

Part
2
日常簡單用語

Part
3
旅遊會話

我把鑰匙忘在房裡了。	**I left my key in the room.** 愛 淚夫特 麥 克衣 印 得 潤
我鑰匙丟了。	**I've lost my key.** 愛福 漏司特 麥 克衣
我忘記我的房號了。	**I forgot my room number.** 愛 佛嘎特 麥 潤 難本兒
請換床單。	**Please change the sheets.** 普力司 勸局 得 噓此
馬桶的水沖不下去。	**The toilet doesn't flush well.** 得 偷衣淚特 得怎特 福辣許 餵歐
沒有毛巾。	**There are no towels.** 淚兒 阿 諾 桃歐司
沒有衛生紙。	**There's no toilet paper.** 淚兒次 諾 偷衣淚特 配普兒
你可以教我怎麼用保險箱嗎？	**Could you show me how to use the safe?** 庫 油 秀 密 浩 兔 油司 得 誰福
我可以換到禁煙的房間嗎？	**Can I change to a non-smoking room?** 肯 艾 勸局 兔 惡 囊-司末克印 潤
請清掃我的房間。	**Please clean up my room.** 普力司 可林 阿普 麥 潤

好用單字

毛毯	**blanket** 不連克衣特		床罩	**bed spread** 貝得 司普銳的
肥皂	**soap** 受普		檯燈	**lamp** 練普
棉被	**comforter** 康佛特		水龍頭	**faucet** 發夕特
床單	**sheet** 噓特		浴缸	**bathtub** 貝司達布
插座	**power outlet** 跑兒 傲特淚特		（櫃台） 保險櫃	**safe deposit box** 誰夫 低趴夕特 爸克司
（電線） 插頭	**plug** 普辣哥		冰箱	**refrigerator** 銳福衣局銳特

◆ Topic 2・飯店

❼ 我要退房

Track ◎ 80

我想退房。	**I want to check out.** 愛 旺 兔 卻克 奧特
我幾分鐘後就退房。	**I'll be checking out in a few minutes.** 艾歐 比 切可因 奧特 印 惡 福尤 迷你次

Part
1
50個超好用句型

Part
2
日常簡單用語

Part
3
旅遊會話

我很急。	**I'm in a hurry.** 愛母 印 惡 喝瑞
麻煩你請人幫忙我拿行李好嗎？	**Can you send someone up for my luggage, please?** 肯 油 先得 桑母彎 阿普 佛 麥 辣哥衣局，普力司
請問我可以延長我的住房天數嗎？	**Is it possible for me to extend my stay?** 以司 以特 趴蛇剝 佛 密 兔 一哥司天 麥 司爹
我覺得可能有錯誤。	**I think there might be a mistake.** 愛 幸克 涙兒 賣特 比 惡 秘司貼克
這一項是什麼？	**What is this entry for?** 華特 以司 力司 宴催 佛
我沒使用迷你吧。	**I didn't use the mini-bar.** 愛 低等特 油司 得 迷你-吧
我沒有叫客房服務。	**I didn't order room service.** 愛 低等特 歐得 潤 舍逼司
這含稅嗎？	**Is this including tax?** 以司 力司 因庫丁 貼渴死
請問你們接受現金嗎？	**Do you accept cash?** 賭 油 欸塞普特 卡許
你們接受信用卡嗎？	**Do you accept credit cards?** 賭 油 欸塞普特 克瑞滴特 卡兒次

① 附近有義大利餐廳嗎？ Track ◎ **81**

句型 附近有義大利餐廳嗎？

Is there an Italian restaurant around here?

以司 涙兒 欵恩 義大利恩 瑞司特讓 餓讓得 喝伊兒

換個單字念念看

日式餐廳	**a Japanese restaurant** 惡 甲噴尼子 瑞司特讓	越南餐廳	**a Vietnamese restaurant** 惡 夫燕呢秘子 瑞司特讓
墨西哥餐廳	**a Mexican restaurant** 惡 妹克細肯 瑞司特讓	印尼餐廳	**an Indonesian restaurant** 欵恩 因斗尼珍 瑞司特讓
印度餐廳	**an Indian restaurant** 欵恩 因低嗯 瑞司特讓	泰國餐廳	**a Thai restaurant** 惡 太 瑞司特讓
中國餐廳	**a Chinese restaurant** 惡 揣尼司 瑞司特讓	西班牙餐廳	**a Spanish restaurant** 惡 司班尼許 瑞司特讓
韓國餐廳	**a Korean restaurant** 惡 可里恩 瑞司特讓		

Part
1
50個超好用句型

Part
2
日常簡單用語

Part
3
旅遊會話

他們有海鮮嗎？	**Do they have seafood?** 賭 涙 黑夫 夕父的
那裡的菜好吃嗎？	**Is the food good there?** 以司 得 父的 古得 涙兒
那裡有什麼好吃的菜？	**What's good there?** 華次 古得 涙兒
它在哪裡？	**Where is it?** 惠兒 以司 衣特
你推薦些什麼？	**What do you recommend?** 華特 賭 油 瑞肯妹恩得
那很貴嗎？	**Is it expensive?** 以司 以特 衣克司配夕五
你覺得酒單的內容如何呢？	**How is the wine list?** 浩 以司 得 外印 力司特
那裡的氣氛怎麼樣？	**What's the atmosphere like?** 華次 得 欸特門司福衣兒 賴克

② 我要預約

Track ◎ 82

句型　我要預約<u>兩人</u>，<u>今晚六點</u>。

I want to make a reservation for 2 people at 6:00 tonight.

愛 旺 兔 妹克 惡 瑞者非迅 佛 兔 匹剖 欸特 稀客司 兔耐特

換個單字念念看

八人 / 今晚七點	**8 people / 7:00 tonight** 欸特 匹剖 / 誰吻 兔耐特
四人 / 明晚約八點	**4 people / 8:00 tomorrow night** 否兒 匹剖 / 欸特 土馬肉 耐特
兩人 / 週六晚上六點	**2 people / 6:00 on Saturday night** 兔 匹剖 / 稀客司 昂 沙特爹 耐特
兩大人和一小孩 / 7月7日十二點	**2 adults and 1 child / 12:00 on July 7th** 兔 惡豆此 欸恩得 萬 揣歐的 / 退歐福 昂 九來 誰吻司

例句

套餐多少錢？	**How much is the set meal?** 浩 罵取 以司 得 誰特 迷歐
我們可以坐靠窗的位子嗎？	**Can we have a table by the window?** 肯 烏衣 黑夫 惡 貼剖 百 得 烏因豆

Part
1
50個超好用句型

Part
2
日常簡單用語

Part
3
旅遊會話

有沒有吸煙區？	**Is there a smoking section?** 以司 淚兒 惡 司某克印 誰克迅
有。	**Yes.** 也司
沒有。	**No.** 諾
你們有服儀規定嗎？	**Do you have a dress code?** 賭 油 黑夫 惡 最司 扣得
有的，請您穿外套繫領帶。	**Yes, please wear a jacket and a tie.** 也司，普力司 威兒 惡 甲克 欸恩得 惡 太
不，我們沒有（規定）。	**No, we don't have one.** 諾，烏衣 洞特 黑夫 萬
可以讓寵物進去嗎？	**Are pets allowed?** 阿 配此 惡老的
我們要等多久？	**How long is the wait?** 好 弄 以司 得 未特

③ 我要點菜　　　　Track ◎ 83

我已準備好要點菜。	**I'm ready to order.** 愛母 瑞地 兔 歐得
麻煩你給我看一下菜單。	**Can I see a menu, please?** 肯 艾 西 惡 妹牛，普力司
你推薦些什麼呢？	**What do you recommend?** 華特 賭 油 瑞肯妹恩得
要不要來點魚和馬鈴薯片？	**How about some fish and chips?** 浩 惡抱特 桑母 福衣許 欸恩得 去普司
你們有什麼沾醬？	**What kind of dressing do you have?** 華特 開恩的 歐夫 最幸 賭 油 黑夫
你們有沒有其它不同的沙拉醬？	**Do you have any different salad dressings?** 賭 油 黑夫 宴尼 低福潤特 沙累的 最幸司
我要這個。	**This one, please.** 力司 萬，普力司
我可以要一個小盤子嗎？	**Can I have a small plate, please?** 肯 艾 黑夫 惡 司眸 普淚特，普力司
水就可以，謝謝。	**Just water, thanks.** 架司特 哇特，仙渴死
今天的特餐是什麼？	**What is today's special?** 華特 以司 土爹司 司背秀

④ 你有義大利麵嗎？

Part
1
50個超好用句型

Part
2
日常簡單用語

Part
3
旅遊會話

句型　你有義大利麵嗎？

Do you have spaghetti?

賭 油 黑夫 司趴給梯

換個單字念念看

漢堡	**hamburgers** 黑母剝哥司	生魚片	**sashimi** 沙西秘
牛肉湯麵	**beef noodle soup** 比福 奴豆 速普	咖哩飯	**curry rice** 可瑞 弱愛司
比薩	**pizza** 披薩	烤馬鈴薯	**baked potatoes** 背可 剖貼投司
三明治	**sandwich(es)** 先得位娶(司)	韓國烤肉	**Korean BBQ（barbecues）** 可里恩 八比可尤（八比可尤司）
火鍋	**hot pot** 哈特 趴特		

107

⑤ 給我火腿三明治　　　　Track ◎ 85

句型　給我火腿三明治。

I'll have the ham sandwich.
艾歐 黑夫 得 黑母 先得位娶

換個單字念念看

燉牛肉	**beef stew** 比福 司丟	烤劍魚排	**grilled swordfish steak** 古瑞歐的 受的福衣許 司貼可
漢堡肉排	**hamburg steak** 黑母剝哥 司貼可	煎焗彩紅鱒魚	**pan-fried rainbow trout** 片恩-福弱愛的 銳恩剝 翠傲特
蒸龍蝦尾	**steamed lobster tail** 司梯母的 拉布司特 貼歐	烤蝦 & 扇貝	**grilled shrimp & scallops** 古瑞歐的 順令普 欸恩的 司夠了普司
烤鮭魚	**grilled salmon** 古瑞歐的 沙夢		

⑥ 給我果汁

Track ◎ 86

| 問 | 要不要喝點飲料？ |

Would you like something to drink?

巫的 油 賴克 桑幸 兔 准印可

| 答 | 好，請給我咖啡。 |

Yes. I'd like coffee, please.

也司 艾得 賴克 摳福衣，普力司

換個單字念念看

果汁	**juice** 啾司	蘋果西打	**apple cider** 阿剖 塞得
礦泉水	**mineral water** 迷了囉 哇特	檸檬汽水	**lemon fizz** 檸檬 福衣子
茶	**tea** 替	冰咖啡	**iced coffee** 愛司的 摳福衣
熱可可	**hot chocolate** 哈特 洽可力特	濃縮咖啡	**espresso** 欸司普瑞受
可樂	**Coke** 口渴	卡布奇諾	**cappuccino** 卡布奇諾
冰沙	**a smoothie** 惡 司母地	歐雷咖啡 (拿鐵咖啡)	**cafe au lait** 咖啡 歐雷

⑦ 給我啤酒

Track ◎ 87

問 您想要喝些什麼嗎？

What would you like to drink?

華特 巫的 油 賴克 兔 准可

答 啤酒，麻煩你。

Beer, please.

比兒，普力司

換個單字念念看

一杯葡萄酒	**A glass of wine** 惡 哥拉司 歐夫 外印	雪利酒	**Sherry** 雪利
自製的酒	**House wine** 好司 外印	白酒	**White wine** 准特 外印
百威啤酒	**Budweiser** 爸得外子	紅酒	**Red wine** 瑞得 外印
一瓶啤酒	**A bottle of beer** 惡 巴頭 歐夫 比兒	白蘭地	**Brandy** 布蘭地
生啤酒	**Draft beer** 抓夫特 比兒	香檳	**Champagne** 香配恩

⑧ 我還要甜點

Track ◎ 88

問	你想要來點蛋糕嗎？

Do you want some cake?
賭 油 旺特 桑母 克欸可

答	當然！

Sure!
秀耳

換個單字念念看

冰淇淋	**some ice cream** 桑母 愛司 可里母	櫻桃派	**some cherry pie** 桑母 切里 派
蘋果派	**some apple pie** 桑母 阿剖派	巧克力蛋糕	**some chocolate cake** 桑母 洽可力特 克欸可
聖代	**a sundae** 惡 桑爹	覆盆子塔	**some raspberry tart** 桑母 瑞司北瑞 塔特
香蕉奶昔	**a banana milk shake** 惡 八那那 迷歐可 誰可	鬆餅	**a waffle** 惡 哇佛
起司蛋糕	**some cheesecake** 桑母 起司克欸可	布朗尼 (果仁巧克力)	**a brownie** 惡 布朗尼

| 問 | 你想吃甜點（喝飲料）嗎？ |

Do you want some dessert?
(Do you want something to drink?)

賭 油 旺特 桑母 低擇特？（賭 油 旺特 桑幸 兔 准印可？）

| 答 | 起司蛋糕，麻煩你。 |

Cheese cake, please.

起司 克欽可，普力司

換個單字念念看

冰淇淋	**Ice cream** 愛司 可里母	布丁	**Pudding** 普丁
馬芬 （杯子蛋糕）	**A muffin** 惡 馬芬	司康	**A scone** 惡 司共
無咖啡因 咖啡	**Decaf coffee** 低卡夫 撾福衣	冰摩卡咖 啡	**An iced-mocha** 欸恩 愛司的-某卡
黑咖啡	**Black coffee** 不累可 撾福衣	只要糖， 不要奶精	**Sugar and no cream** 咻哥 欸恩得 諾 可里母

例句

Part
1
50個超好用句型

Part
2
日常簡單用語

Part
3
旅遊會話

你們有餐巾嗎？	**Do you have a napkin?** 賭 油 黑夫 惡 那普金
請回沖，謝謝。	**I'd like a refill, please.** 艾得 賴克 惡 銳福衣歐，普力司
這是冰淇淋派嗎？	**Is the pie a la mode?** 以司 得 派 惡 拉 謀的
可以再給我一些麵包嗎？	**Some more bread, please?** 桑母 摸兒 不瑞得，普力司
可以幫我拿一下鹽嗎？	**Could you pass the salt, please?** 庫 油 趴司 得 收特，普力司
可以給我水嗎？	**Can I have some water?** 肯 艾 黑夫 桑母 哇特
不好意思，我的叉子（刀子／湯匙）掉了。	**Excuse me, I dropped my fork (knife / spoon).** 衣克司哭尤司 密，愛 抓普的 麥 否兒可（奈福 / 司撲恩）
我可以要一個茶匙嗎？	**Can I have a teaspoon?** 肯 艾 黑夫 惡 踢司撲恩
我叫了咖啡，但是還沒有來。	**I ordered coffee, but it hasn't come yet.** 愛 歐得的 摳福衣，八特 以特 哈怎特 抗母 也特
這個蛋糕真好吃，我一定要找到它的食譜。	**This cake is delicious. I must get the recipe.** 力司 克欸可 以司 低力秀司。愛 媽司特 給特 得 銳奢屁

⑨ 吃牛排

Track ◎ **89**

問　你的牛排要幾分熟？

How do you like your steak?
浩 賭 油 賴克 油兒 司貼可

答　三分。

Rare.
銳兒

換個單字念念看

五分	**Medium** 迷弟恩	全熟	**Well-done** 餵歐-當
七分	**Medium-well** 迷弟恩-餵歐		

好用單字

馬鈴薯泥	**mashed potatoes** 媽許的 趴貼投司	小牛肉	**veal** 福衣歐
雞胸肉	**chicken breast** 去肯 布銳司特	羊肉	**mutton** 媽疼

龍蝦	**lobster** 拉布司特		生蠔	**oysters** 歐乙司特
大蝦	**prawns** 撲浪司		沙朗牛排	**sirloin** 社落印
鮭魚	**salmon** 沙蒙			

➡️ Topic 3・**用餐**

⑩ **墨西哥料理也不錯**　　　Track ◎ **90**

馬上用得到的單字

脆塔可餅	**taco** 塔口		酪梨	**avocado** 阿發咖斗
墨西哥捲	**fajita** 發基踏		墨西哥點心	**sopapillas** 受趴屁阿司
辣椒起司薄片	**nachos** 那球子		莎莎醬（墨西哥醬料）	**salsa** 沙歐沙
墨西哥玉米脆片	**chips** 去普司		起司	**queso** 克欸受
墨西哥玉米薄餅	**tortillas** 頭梯兒司			

⑪ 在早餐店 Track ◎ 91

| 問 | 你要怎樣料理你的雞蛋？ |

How do you want your eggs?
浩 賭 油 旺特 油兒 欸哥司

| 答 | 炒的。 |

Scrambled.
司可連剝

換個單字念念看

| 單面煎 | **Sunny-side up**
沙你-賽得 阿普 | 煮（生蛋整顆放到水裡煮熟） | **Boiled**
剝油的 |

| 荷包蛋 | **Over-easy**
歐福兒-衣記 | 水煮（生蛋去殼放到水裡煮熟） | **Poached**
剖去的 |

| 半熟荷包蛋 | **Over-medium**
歐福兒-迷弟恩 |

Part
1
50個超好用句型

Part
2
日常簡單用語

Part
3
旅遊會話

⑫ 在速食店

Track ◎ 92

句型　我要一個起司漢堡。

I want a cheeseburger.

愛 旺特 惡 起司本兒哥

換個單字念念看

一個麥香堡	**a Big Mac** 惡 必哥 妹克
一些雞塊	**some chicken nuggets** 桑母 去肯 那給此
一個魚排堡	**a fish-fillet** 惡 福衣許-粉淚特
一份大薯條	**a large fries** 惡 拉兒局 福弱愛子
一個蘋果派	**an apple pie** 欸恩 阿剖 派
一個冰淇淋	**an ice cream** 欸恩 愛司 可里母
一個草莓聖代 （巧克力 / 香草）	**a strawberry sundae (chocolate / vanilla)** 惡 司抓背里 桑爹（洽可力特 / 粉尼拉）
一個火雞肉三明治	**a turkey sandwich** 惡 特兒-克衣 先得位娶

內用或是外帶？	**For here, or to go?** 佛 喝伊兒，歐兒 兔 勾
內用，謝謝。	**For here, please.** 佛 喝伊兒，普力司
外帶，謝謝。	**Make it to go, please.** 妹克 以特 兔 勾，普力司
可樂要多大杯？	**What size (of) Coke would you like?** 華特 賽子 （歐夫） 口渴 巫的 油 賴克
我要大（中／小）的。	**Large(medium / small),please.** 拉兒局（迷弟恩／司眸），普力司
您要哪種麵包？	**What kind of bread would you like?** 華特 開恩的 歐夫 不瑞得 巫的 油 賴克
您要放蕃茄醬嗎？	**Would you like ketchup on it?** 巫的 油 賴克 克欸恰普 昂 衣特
我不要洋蔥。	**Without onions, please.** 位子奧特 歐尼恩司，普力司

⑬ 付款

Track ◎ 93

Part
1
50個超好用句型

Part
2
日常簡單用語

Part
3
旅遊會話

我去拿帳單。	**Let me get the bill.** 累特 密 給特 得 必歐
我們各付各的吧。	**Let's go dutch.** 列此 夠 達去
我來付帳。	**It's on me.** 以次 昂 密
我堅持這次由我來付帳。	**It's my treat. I insist.** 以次 麥 催特，愛 因夕司特
麻煩你，我要買單。	**Can I have the bill, please?** 肯 艾 黑夫 得 必歐，普力司
在這裡付，還是在櫃台付？	**Do I pay here or at the cashier?** 賭 愛 配 喝伊兒 歐兒 欸特 得 卡許兒
一個馬芬和一杯拿鐵咖啡共是多少錢？	**How much is a muffin and a latte?** 浩 罵取 以司 惡 馬芬 欸恩得 惡 拿鐵
這是什麼費用？	**What is this charge for?** 華特 以司 力司 洽兒局 佛

我們該付多少小費？	**How much should we tip?** 浩 罵取 咻的 烏衣 梯普
這有含稅嗎？	**Is that including tax?** 以司 淚特 因苦路丁 貼克司
你們接受信用卡付費嗎？	**Do you accept credit cards?** 賭 油 欸可塞普特 克瑞滴特 卡兒次

➡ Topic 4・購物

① 購物去囉　　　　　　　　　Track ◎ 94

句型　這個地帶有百貨公司嗎？

Is there a department store in this area?

以司 淚兒 惡 地扒特門特 司豆兒 印 力司 欸銳阿

換個單字念念看

購物商場	**shopping mall** 瞎拼 某歐	便利商店	**convenience store** 肯福衣尼恩司 司豆兒
雜貨店	**grocery store** 哥弱蛇里 司豆兒	運動用品店	**sporting goods store** 司剖停 古此 司豆兒
超級市場	**supermarket** 速普兒媽克衣特	書局	**book store** 不可 司豆兒

Part
1
50個超好用句型

Part
2
日常簡單用語

Part
3
旅遊會話

唱片行	**CD shop** 西迪 下普	珠寶店	**jewelry store** 九了里 司豆兒
藥局	**pharmacy** 發門夕	古董店	**antique store** 欸恩梯可 司豆兒
花店	**flower shop** 福老兒 下普	美容沙龍	**salon** 沙龍
精品店	**boutique** 不梯可	美妝用品店	**cosmetics store** 卡司媚梯可 司豆兒
鞋店	**shoe store** 咻 司豆兒	紀念品商店	**souvenir shop** 速福兒尼兒 下普

◆ Topic 4 · 購物

② 女裝在哪裡？　　　　Track ◎ **95**

句型	女裝在哪裡？

Where is women's wear?

惠兒 以司 威門司 為兒

換個單字念念看

男裝	**men's wear** 門司 為兒	童裝	**children's wear** 秋豬潤司 為兒

化妝品部	**the cosmetics department** 得 卡司媚梯可司 地扒特門特		禮品包裝	**gift-wrapping** 給夫特-瑞拼
家電	**home appliances** 後母 惡普來西施		服務台	**the information desk** 得 印佛妹迅 爹司克
藥品	**the pharmacy** 得 發門夕		入口 （出口）	**the entrance (exit)** 得 欸恩唇司（欸哥幾特）

➡️ Topic 4 · 購物

③ 買小東西（1）

Track ◎ **96**

問	有什麼我可以幫忙的嗎？

May I help you?
妹 愛 黑歐普 油

答	我在找數位相機。

I'm looking for a digital camera.
愛母 路克印 佛 低局投 克欸門拉

換個單字念念看

筆	**a pen** 惡 配嗯		書	**a book** 惡 不可
筆記本	**a notebook** 惡 諾特不可		報紙	**a newspaper** 惡 紐司 配普兒

Part
1
50個超好用句型

Part
2
日常簡單用語

Part
3
旅遊會話

雜誌	**a magazine** 惡 妹哥進	自來水筆	**a fountain pen** 惡 放藤 配嗯
明信片	**a postcard** 惡 剖司特卡兒得	隨身日記本	**a pocket dairy** 惡 趴克衣特 帶兒里
CD唱片	**a CD** 惡 夕低	唱片	**a record** 惡 銳可兒的
背包	**a bag** 惡 背哥	領帶	**a tie** 惡 太
帽子	**a hat** 惡 黑特	世界知名品牌	**world famous brands** 我喔的 非門思 布瑞恩司
耳環	**earrings** 衣兒玲絲		

➡ Topic 4 · 購物

④ 買小東西 (2)　　　　　Track ◎ **97**

句型　我想要買泳衣。

I'd like to buy a swimsuit.
艾得 賴克 兔 拜 惡 司位母速特

換個單字念念看

比基尼	**a bikini** 惡 比克衣尼	打火機	**a lighter** 惡 來特

泳褲	**swimming trunks** 司位名 壯可司	皮夾	**wallet** 哇力特
緊身衣褲	**pantyhose** 偏踢厚司	精油蠟燭	**an aromatic candle** 欸恩 阿弱媽梯可 肯都
餐具	**tableware** 貼剝威兒	乾花香料	**potpurri** 剖特撲里
動物填充玩偶	**a stuffed animal** 惡 司大福的 欸恩呢某	內衣褲	**underwear** 昂得為兒
煙斗	**a pipe** 惡 派普	襪子	**socks** 沙渴死

◆ Topic 4 · 購物

⑤ 我要看毛衣

Track ◎ **98**

句型　我要看毛衣 / 我正在找毛衣。

I'm looking for a sweater.
愛母 路克印 佛 惡 司為特

換個單字念念看

西裝	**a suit** 惡 速特	T恤	**a T-shirt** 惡 梯-噓兒特
洋裝	**a dress** 惡 最司	裙子	**a skirt** 惡 司哥兒特

睡衣	**pajamas** 趴甲媽司		領帶	**a tie** 惡 太
牛仔褲	**jeans** 進司		毛巾	**towels** 桃歐司
褲子	**a pair of pants** 惡 配兒 歐夫 配恩此		內衣	**underwear** 昂得為兒
手套	**a pair of gloves** 惡 配兒 歐夫 哥辣舞司		襪子	**socks** 沙渴死
外套	**a coat** 惡 口特		登山鞋	**hiking boots** 海克印 不此
夾克	**a jacket** 惡 甲克欸特		靴子	**boots** 不此
背心	**a vest** 惡 飛司特		高跟鞋	**high heels** 害 喝伊歐司
泳衣	**a swimsuit** 惡 司位母速特		涼鞋	**sandals** 仙斗思
短上衣 （女用）	**a blouse** 惡 不老思		膠底運動 鞋	**sneakers** 司尼可兒司
胸罩	**a bra** 惡 不辣			

⑥ 買衣服

句型　我正在找T恤。

I'm looking for a T-shirt.

愛母 路克印 佛 惡 梯 - 嘘兒特

換個單字念念看

夾克	**jacket** 甲克欸特	外套	**coat** 口特
polo衫	**polo shirt** 剖羅 嘘兒特	大尺碼	**size large** 賽子 拉兒局
休閒衫	**casual shirt** 卡究歐 嘘兒特	洋裝	**dress** 最司
套衫	**pullover** 撲摟福兒	正式襯衫	**dress shirt** 最司 嘘兒特
羊毛衫 (胸前開 釦的)	**cardigan** 卡兒得更	裙子	**skirt** 司哥兒特
牛仔夾克	**jean jacket** 進 甲克衣特		

⑦ 店員常說的話

Part
1
50個超好用句型

Part
2
日常簡單用語

Part
3
旅遊會話

您要什麼？	**May I help you?** 妹 愛 黑歐普 油
這個如何？	**What about this one?** 華特 惡抱特 力司 萬
這是知名品牌。	**It's a well-known brand.** 以次 惡 餵歐-農恩 布瑞恩的
你穿起來很好看。	**It looks nice on you.** 以特 路克司 耐司 昂 油
它們真是完美的搭配。	**They match perfectly.** 淚 妹娶 普兒吠可特力
它們是拍賣的商品嗎？	**Are they on sale?** 阿 淚 昂 誰歐
樣式很流行。	**It's in style.** 以次 印 司逮歐
這正好很合身。	**It's a perfect fit.** 以次 惡 普兒吠可特 福衣特
你穿起來真好看。	**It looks fabulous on you.** 以特 路克司 妃比烏樂死 昂 油

⑧ 我可以試穿嗎？

我可以試穿嗎？	**Can I try it on?** 肯 艾 揣 以特 昂
我可以看看那個嗎？	**Can I see that one, please?** 肯 艾 西 列特 萬，普力司
你們有沒有別的顏色？	**Do you have this in any other colors?** 賭 油 黑夫 力司 印 宴尼 阿得 卡了司
你穿起來很好看。	**It looks nice on you.** 以特 路克司 耐司 昂 油
很合身。	**It fits well.** 以特 福衣此 餵歐
你可以照照鏡子。	**You can take a look in the mirror.** 油 肯 貼克 惡 路克 印 得 迷了
試衣間在那裡？	**Where's the fitting room?** 惠兒司 得 福衣聽 潤
不合身。	**It doesn't fit.** 以特 得怎特 福衣特
你們的商品有修改的服務嗎？	**Do you do alterations?** 賭 油 賭 歐特銳尋司

⑨ 我要紅色那件

Track ◎102

句型 我要<u>紅色</u>那種的。

I want the <u>red</u> ones.

愛 旺特 得 瑞得 萬思

換個單字念念看

黃色	**yellow** 也漏	黑色	**black** 不累可
灰色	**gray** 古銳	咖啡色	**brown** 布朗
橘色	**orange** 歐連局	米黃色	**beige** 背局
紅色	**red** 瑞得	藍色	**blue** 不路
粉紅色	**pink** 拼可	綠色	**green** 古林
白色	**white** 懷特	紫色	**purple** 普兒剖

Part
1
50個超好用句型

Part
2
日常簡單用語

Part
3
旅遊會話

金色	**gold** 勾的	條紋	**striped** 司踤普特
銀色	**silver** 夕歐福兒	花紋	**flowered** 福老兒的
格子花紋	**checkered** 切可的	水珠圖案	**polkadotted** 剖可達弟的

➡️ Topic 4・購物

⑩ 這是棉製品嗎？　　　　　Track ◎**103**

句型　這是<u>棉製品</u>嗎？

Is this cotton?
以司 力司 卡疼

換個單字念念看

亞麻布	**linen** 力玲	絲	**silk** 夕歐可
尼龍	**nylon** 耐冷	毛	**fur** <u>福兒</u>
聚酯	**polyester** 剖力也司特	皮	**leather** 淚得

⑪ 我不喜歡那個顏色　　　Track ◎104

句型　我不喜歡那個顏色。

I don't like the color.

愛 洞特 賴克 得 卡了

換個單字念念看

| 樣式 | **pattern**
陪疼 | 材質 | **material**
門梯里歐 |

| 品質 | **quality**
跨了踢 |

 例句

穿起來很舒服。	**It feels good.** 以特 福衣歐司 古得
這只能乾洗嗎？	**Is it dry-clean only?** 衣司 以特 跩-可林 翁力
我能把它放進烘衣機嗎？	**Can I put it in the dryer?** 肯 艾 撲特 以特 印 得 跩兒

會縮水嗎？	**Will it shrink?** 烏衣歐 以特 淑玲可
會褪色嗎？	**Will the color fade?** 烏衣歐 得 卡了 費的
能防水嗎？	**Is this waterproof?** 以司 力司 哇特普路福
我能用洗衣機洗嗎？	**Can I put it in the washing machine?** 肯 艾 撲特 以特 印 得 娃迅 門迅
這需要手洗嗎？	**Do I have to hand-wash this?** 賭 愛 黑夫 兔 黑恩的-娃許 力司
我要怎麼保養它？	**How should I care for this?** 浩 休得 愛 克欸兒 佛 力司
可以掛到外面曬乾嗎？	**Can I hang it out to dry?** 肯 艾 黑恩 以特 奧特 兔 跩

⑫ 太小了 ・・・・・・・・・・・・・・・・・・・・・ Track ◎105

句型	太小了。

It's too small.
以次 兔 司眸

換個單字念念看

大	**big** 必哥	貴	**expensive** 衣司配夕五
長	**long** 弄	鬆	**loose** 路司
短	**short** 休兒特	緊	**tight** 太特
簡單 / 素	**plain** 普淚恩		

 例句

這件對我而言太小了。	It's too small for me. 以次 兔 司眸 佛 蜜

你有沒有大一點的？	**Do you have a bigger one?** 賭 油 黑夫 惡 逼哥兒 萬
這是大尺寸的。	**Here is a size large.** 喝伊兒 以司 惡 賽子 拉兒局
我相信這件適合你穿。	**I believe it will fit you.** 愛 比力福 以特 烏衣歐 福衣特 油
這件適合我。	**It fits me well.** 以特 福衣此 蜜 餵歐

◆ Topic 4 · 購物

⑬ 我要這件　　　　　　Track ◎**106**

我喜歡這件。	**I like this one.** 艾 賴克 力司 萬
我要這件。	**I'll take this one.** 艾歐 貼克 力司 萬
你還要什麼嗎？	**Do you need anything else?** 賭 油 逆得 宴尼幸 欸歐司

Part
1
50個超好用句型

Part
2
日常簡單用語

Part
3
旅遊會話

這個也不錯。	**This one is nice, too.** 力司 萬 以司 耐司，兔
這個如何？	**How about this one?** 浩 惡抱特 力司 萬
你要一條裙子來搭配你的新襯衫嗎？	**Do you want a skirt to go with your new shirt?** 賭 油 旺特 惡 司哥兒特 兔 夠 位子 油兒 紐 噓兒特

➔ Topic 4 · 購物

⑭ 你能改長一點嗎？

Track ◎**107**

句型　你能修改一下嗎？麻煩你改長一點。

Can you alter it? Make it a little longer, please.

肯 油 歐特 衣特？妹克 以特 惡 力頭 龍哥，普力司

換個單字念念看

短一點	**shorter** 休特兒	緊一點	**tighter** 太特兒
鬆一點	**looser** 路蛇		

⑮ 買鞋子

Track ◎108

問　這雙高跟鞋多少錢？

How much are these high heels?

浩 罵取 阿 地司 害 喝伊喔司

答　這個要十美元.

They're $10.

淚阿 天 達了司

換個單字念念看

膠底運動鞋	**sneakers** 司尼克兒司	西部靴	**cowboy-boots** 考兒剁衣-不此
休閒鞋	**loafers** 漏否司	網球鞋	**tennis shoes** 貼尼司 咻司
女用搭配裙子的鞋子	**dress shoes** 最司 咻司	慢跑鞋	**jogging shoes** 甲哥印 咻司
女用拖鞋	**mules** 迷歐司	涼鞋	**sandals** 仙斗思
靴子	**boots** 不此		

⑯ 有大一點的嗎？

Track ◎**109**

句型　有大一點的嗎？

Do you have a larger size?

賭 油 黑夫 惡 拉兒-局兒 賽子

換個單字念念看

中碼 / M號	**a medium** 惡 迷弟恩	小一點	**a smaller size** 惡 司眸樂 賽子
加大 / XL號	**an extra-large** 欸恩 欸克斯出阿-拉兒局	更小一點 / XS號	**an extra small** 欸恩 欸克斯出阿 司眸

⑰ 有其他顏色嗎？

Track ◎**110**

句型　有其他顏色嗎？

Do you have any in other colors?

賭 油 黑夫 宴尼 印 阿得 卡了司

換個單字念念看

其他樣式	**with other designs** 位子 阿得 迪債司	其他花色	**with another pattern** 位子 恩那得 配藤
其他材質	**made from other material** 妹的 夫讓 阿得 門梯里歐	其他款式	**other styles** 阿得 司逮歐司

18 我只是看看

Track ◎111

我只是看看。	**I'm just looking.** 愛母 架司特 路克印
我打算繼續看看。	**I'm going to keep looking.** 愛母 勾印 兔 克衣普 路克印
也許下次吧。	**Maybe next time.** 妹逼 內渴死 太母
我必須考慮一下。	**I need to think about it.** 艾 逆得 兔 幸克 惡抱特 衣特
也許不了。	**Well, maybe not.** 餵歐，妹必 那特
我待會再來。	**I'll come back later.** 艾歐 抗母 貝克 淚特
謝謝，我只是看看而已。	**Thanks. I'm only browsing.** 仙渴死。愛母 翁力 不勞心
謝謝！需要幫忙時我會叫你的。	**Thank you. I'll let you know if I need any help.** 仙可 油。艾歐 淚特 油 諾 衣福 艾 逆得 宴尼 黑歐普

⑲ 購物付錢

問	這多少錢？

How much is this?

浩 罵取 以司 力司

答	一千五百元美元。

1,500 dolars.

萬刀怎 懷夫憨醉 達了司

換個單字念念看

一分錢	**1¢** 萬 仙特	五元美金	**$ 5** 壞夫 達了司
五分錢	**5¢** 外夫 仙此	十元美金	**$ 10** 天 達了司
十分錢	**10¢** 天 仙此	二十元美金	**$ 20** 團體 達了司
二十五分錢	**25¢** 團體外夫 仙此	五十元美金	**$ 50** 福衣福梯 達了司
一元美金	**$ 1** 惡 打了		

收銀台在哪裡？	**Where is the cashier?** 惠兒 以司 得 卡許兒
這多少錢？	**How much is this?** 浩 罵取 以司 力司
我要給你多少錢？	**How much do I owe you?** 浩 罵取 賭 愛 歐 油
你少付我十元。	**You are ten dollars short.** 油 阿 天恩 達了司 休兒特
我要刷卡。	**I'd like to pay by card.** 艾得 賴克 兔 配 百 卡兒得
您要分幾次付款？	**How many installments?** 浩 妹尼 因司答門此
一次。	**One.** 萬
六次。	**Six.** 夕渴死
我可以付台幣嗎？	**Can I pay in Taiwan dollars?** 肯 艾 配 印 台灣 達了司
可以幫我寄到台灣嗎？	**Could you ship this to Taiwan?** 庫 油 夕普 力司 兔 台灣

Part
1
50個超好用句型

Part
2
日常簡單用語

Part
3
旅遊會話

運費多少錢？	**How much is the shipping cost?** 浩 罵取 以司 得 夕拼 口司特
什麼時候送到？	**When will it arrive?** 惠恩 烏衣歐 以特 惡弱愛夫

→ Topic 4 ‧ **購物**

⑳ 討價還價　　　　　　　　　　Track ◎**113**

對我而言太貴了。	**It's too expensive for me.** 以次 兔 衣司搬戲服 佛 蜜
算便宜一點嘛！	**A little cheaper, please.** 惡 力頭 去普兒，普力司
再打個折扣嘛！	**A little discount, please.** 惡 力頭 低司康特，普力司
不到二十美元的話就買。	**If it costs less than \$20, I could buy it.** 衣福 以特 空司此 淚司 連 團體 達了司，愛 庫得 拜 衣特
他們這禮拜在特賣中。	**They're on special this week.** 淚兒 昂 司背秀 力司 烏衣可
已經降到3美元了。	**They've been reduced to 3 dollars.** 淚福 必因 銳丟史的 兔 舒力 達了司
這是半價了。	**They're fifty percent off.** 淚兒 福衣福踢 普兒仙特 歐福

買二送一。	**These are buy two, get the third one free.** 地司 阿 拜 兔，給特 得 捨得 萬 夫力

Topic 4 · 購物

㉑ 退貨換貨

我要退貨。	**I'd like to return this.** 艾得 賴克 兔 銳疼 力司
我想換貨。	**I'd like to exchange this.** 艾得 賴克 兔 衣司勸局 力司
我昨天買的。	**I bought this yesterday.** 愛 伯特 力司 耶司特爹
我可以換別的東西嗎？	**Can I exchange it for something else?** 肯 艾 衣司勸局 以特 佛 桑幸 欸歐司
有污漬。	**There's a stain.** 淚兒次 惡 司天印
有個洞。	**There's a hole.** 淚兒次 惡 厚歐
不合身。	**It doesn't fit.** 以特 得怎特 福衣特
它讓我看起來很胖。	**It makes me look fat.** 以特 妹克司 蜜 路克 肥特

我改變主意了。	**I'm having second thoughts.** 愛母 黑夫因 誰肯 受此
我想退錢。	**I'd like a refund.** 艾得 賴克 惡 銳放得
這是收據。	**Here's the receipt.** 喝伊兒司 得 瑞西特
我們無法退錢。	**It's nonrefundable.** 以次 囊銳放得伯

→ Topic 5 · **各種交通**

① 坐車去囉　　　　Track ◎115

問	去搭巴士吧。

Let's go by bus.
列此 夠 百 巴士

答	好。

Ok.
歐克欸

換個單字念念看

腳踏車	**bike** 拜可	捷運	**MRT** 欸母阿替
汽車	**car** 卡兒	電車	**train** 翠因

地鐵	**subway** 沙伯未		輪船	**ship** 噓普
公車	**bus** 巴士		飛機	**airplane** 欸惡普練
計程車	**taxi** 貼克西		小船	**boat** 伯特
摩托車	**motorcycle** 摩托賽口		直升機	**helicopter** 黑力卡普特

◆ Topic 5・ **各種交通**

② 我要租車

Track ◎**116**

問　請問你們有<u>小型車</u>嗎？

Do you have any compact cars?

賭 油 黑夫 宴尼 康貝可特 卡兒司

答　當然有。

Of course.

歐夫 扣兒司

換個單字念念看

省油的	**economy** 惡康呢米		中型的	**mid-sized** 秘的-賽司的

Part
1
50個超好用句型

Part
2
日常簡單用語

Part
3
旅遊會話

標準規格的	**full-sized** 富歐-賽司的	四門的	**4-door** 否兒-斗兒
日本的	**Japanese** 甲噴尼子	美國的	**American** 惡瑪莉肯

 例句

總共多少錢？	**What is the total?** 華特 以司 得 投投
有包括稅金跟保險費嗎？	**Does it include tax and insurance?** 得司 以特 因庫得 貼克斯 欸恩得 因休潤司
我希望投所有的保險。	**I'd like full coverage.** 艾得 賴克 富歐 卡粉兒里急
我的車子故障了。	**My car broke down.** 麥 卡兒 布弱可 當恩
我的車爆胎了。	**I got a flat tire.** 愛 嘎特 惡 福淚特 太兒
請幫我叫拖車。	**Please call a tow truck.** 普力司 扣 惡 偷 出阿可

煞車不怎麼靈光。	**The brakes don't work very well.** 得 布銳可司 洞特 我兒可 飛里 餵歐
我不會開手排車。 你有自排車嗎？	**I can't drive a stick. Do you have any automatics?** 愛 肯特 跩衣服 惡 司梯可。賭 油 黑夫 宴尼 歐投妹梯可司

好用單字

駕照	**driver's license** 跩福兒司 來紳士	租車契約	**rental contract** 連頭 康翠可特
國際駕照	**international driving permit** 因特內訓弄 跩餅 普兒秘特	（車子） 登記書	**registration** 銳局司催巡
車子的種類	**type of car** 太普 歐夫 卡兒		

◆ Topic 5・**各種交通**

③ 先買票

Track ◎**117**

去市中心的車票是多少錢？	**How much is a ticket to downtown?** 浩 罵取 以司 惡 梯克衣特 兔 當湯
來回票	**round-trip ticket** 弱昂的-催普 梯克衣特

Part
1
50個超好用句型

Part
2
日常簡單用語

Part
3
旅遊會話

單程票	**one-way ticket** 萬-威 梯克衣特
多少錢？	**How much is it?** 浩 罵取 以司 衣特
要花多少時間？	**How long does it take?** 好 弄 得司 以特 貼克
坐公車比較便宜嗎？	**Is it cheaper to go by bus?** 衣司 以特 去普兒 兔 夠 百 巴士
你要幾張車票？	**How many tickets do you want?** 浩 妹尼 梯克衣此 賭 油 旺特
我要買一張票。	**I'd like to buy a ticket.** 艾得 賴克 兔 拜 惡 梯克衣特
我需要坐在指定的座位嗎？	**Do I need to sit in an assigned seat?** 賭 艾 逆得 兔 夕特 印 欸恩 餓賽印的 西特

④ 坐公車

公車站在哪裡？	**Where is the bus stop?** 惠兒 以司 得 巴士 司達普
可以給我公車路線圖嗎？	**Can I have a bus route map?** 肯 艾 黑夫 惡 巴士 入特 妹普
你們會停西八街嗎？	**Do you stop at West 8th Street?** 賭 油 司達普 欵特 威司特 欵斯 司翠特
不，請你坐104。	**No, take the 104.** 諾，貼克 得 萬 歐 否兒
車票多少錢？	**How much is the fare?** 浩 罵取 以司 得 非兒
哪一輛公車會到那裡？	**Which bus goes there?** 呼衣取 巴士 勾司 淚兒
去西八街要多久？	**How long does it take to West 8th Street?** 好 弄 得司 以特 貼克 兔 威司特 欵斯 司翠特
104號公車來了。	**Here comes the number 104 now!** 喝伊兒 抗母司 得 難本兒 萬 歐 否兒 鬧
要看路況而定。	**It depends on the traffic.** 以特 底片此 昂 得 翠福衣可
我該下車時請你告訴我好嗎？	**Will you tell me when to get off?** 烏衣歐 油 貼歐 蜜 惠恩 兔 給特 歐福

Part
1
50個超好用句型

Part
2
日常簡單用語

Part
3
旅遊會話

我會說出你要下車的站名。	**I'll call out your stop.** 艾歐 扣 奧特 油兒 司達普
請給我轉乘票。	**May I have a transfer ticket?** 妹 愛 黑夫 惡 吹司佛 梯克衣特
我要在這裡下車。	**I'd like to get off here.** 艾得 賴克 兔 給特 歐福 喝伊兒
請開後車門。	**Open the rear door, please.** 歐噴 得 銳兒 斗兒，普力司

好用單字

回數票	**ticket book** 梯克衣特 不可	上車	**get on** 給特 昂
一日遊票	**one-day pass** 萬-爹 趴司	下車	**get off** 給特 歐福
目的地	**destination** 爹司特內迅	代幣	**token** 偷啃
轉車	**transfer** 吹司福兒	閘門	**gate** 給特
下一站	**next stop** 內克斯特 司達普		

❺ 坐地鐵

Track ◎**119**

句型　地鐵站在哪裡？

Where is the subway station?

惠兒 以司 得 沙伯未 司爹迅

換個單字念念看

入口	**entrance** 欸恩唇司	售票機	**ticket machine** 梯克衣特 門巡
出口	**exit** 欸哥幾特	補票處	**fare adjustment office** 非兒 阿架思門特 歐福衣司

 例句

這火車有到中央公園嗎？	**Does this train go to Central Park?** 得司 力司 翠因 夠 兔 仙戳 趴兒可
有，有到。	**Yes, it does.** 也司，以特 得司
沒到，你必須轉搭紅線。	**No. You have to change to the red line.** 諾。油 黑夫 兔 勸局 兔 得 瑞得 來因

Part
1
50個超好用句型

Part
2
日常簡單用語

Part
3
旅遊會話

它有停中央公園嗎？	**Will it stop at Central Park?** 烏衣歐 以特 司達普 欵特 仙戳 趴兒可
到中央公園前有幾站？	**How many stops until Central Park?** 浩 妹尼 司達普司 昂替歐 仙戳 趴兒可
我該到哪裡轉車？	**Where do I transfer?** 惠兒 賭 愛 穿司福兒
下一班火車是何時到達？	**When is the next train?** 惠恩 以司 得 內克司 翠因
我該在哪個站下車？	**At which stop should I get off ?** 欵特 呼衣取 司達普 休得 愛 給特 歐福
我的車票不見了。	**I lost my ticket.** 愛 漏司特 麥 梯克衣特
不好意思，借過一下。	**Would you let me pass, please?** 巫的 油 淚特 蜜 趴司，普力司
（讓位）請坐這裡。	**You can have this seat.** 油 肯 黑夫 力司 西次
謝謝你。	**Thank you.** 仙可 油

車票	**ticket** 梯克衣特	地鐵車票	**a Metro Card** 惡 妹戳 卡兒得
回數券	**coupon ticket** 酷朋 梯克衣特	悠遊卡	**a transit card** 惡 翠夕特 卡兒得

➡ Topic 5 · **各種交通**

⑥ 坐火車

Track ◎**120**

去長島的車票。	**A ticket to Long Island, please.** 惡 梯克衣特 兔 弄 愛人的，普力司
哪一天的？	**For what day?** 佛 華特 爹
今天，現在。	**Today. Now.** 土爹。鬧
五元。下一班火車 在十點四十分開出。	**That's five dollars. The next train leaves at 10:40.** 列此 壞夫 達了司。得 內克司 翠因 力舞司 欵特 天：否替

好用單字

（每站都停） 普通車	**local** 漏口	快車	**express** 衣司普銳司

特快車	**limited express** 力秘梯的 衣司普銳司	票價	**train fare** 翠因 非兒
長途公車	**coach** 口去	時間表	**timetable** 太母貼剝
臥車	**sleeping car** 司力拼 卡兒	候車室	**waiting room** 未停 潤
標準臥舖 （2人臥舖 個人房）	**standard bedroom** 司天得的 貝得潤	餐車	**dining car** 歹寧 卡兒
車廂（有 舒適座位 及小吃）	**club car** 可辣布 卡兒	讀書燈	**reading light** 瑞丁 來特
車室	**compartment** 康趴特門特	車上行李 架	**luggage rack** 辣哥衣局 辣可
單程車票	**one-way ticket** 萬-威 梯克衣特	來回旅程	**round-trip** 弱昂-催普
來回車票	**round trip ticket** 弱昂 催普 梯克衣特	單程	**one-way** 萬-威

Part
1
50個超好用句型

Part
2
日常簡單用語

Part
3
旅遊會話

 **⑦ 坐計程車**

Track ◎121

去那裡？	**Where to?** 惠兒 兔
173東85街。	**173 East 85th Street.** 彎憨醉 誰吻梯 素力 衣司特 欸梯福衣福 司翠特
我要到這個地址。	**Please take me to this address.** 普力司 貼克 蜜 兔 力司 欸最司
到大中央車站要多久？	**How long is the ride to Grand Central Station?** 好 弄 以司 得 弱愛的 兔 古瑞恩的 仙戳 司爹迅
到市中心計程車費要多少？	**How much is the cab fare to downtown?** 浩 罵取 以司 得 可欸布 非兒 兔 當湯
你可以讓我在這裡下車。	**You can let me out here.** 油 肯 涙特 蜜 奧特 喝伊兒
不必找錢了。	**Keep the change.** 克衣普 得 勸局
就停在這裡吧。	**Just pull over here.** 架司特 撲歐 歐福兒 喝伊兒

Part
1
50個超好用句型

Part
2
日常簡單用語

Part
3
旅遊會話

你可以先停在梅西百貨嗎？	**Can you stop by Macy's first?** 肯 油 司達普 百 梅西司 福兒司特
這就是了。	**This is it.** 力司 以司 衣特
到了。	**Here it is.** 喝伊兒 以特 衣司
你可以搖下車窗嗎？	**Can you roll down the window?** 肯 油 弱歐 當恩 得 烏因斗
可以開慢點嗎？	**Could you please slow down a little?** 庫 秋 普力司 司漏 當恩 惡 力頭

好用單字

紅綠燈	**traffic light** 吹福衣客 來特	標誌	**sign** 賽印
人行道	**sidewalk** 賽的我可	街區	**block** 不拉可
道路標誌	**road sign** 弱的 賽印	地下道	**underpass** 昂得趴司

155

⑧ 糟糕！我迷路了

我迷路了。	**I think I'm lost.** 愛 幸克 愛母 漏司特
對不起，你可以告訴我車站在那裡嗎？	**Excuse me. Can you show me where the bus station is?** 衣司 哭尤司 蜜。肯 油 秀 蜜 惠兒 得 巴士 司爹迅 衣司
你可以告訴我正確的方向嗎？	**Can you point me in the right direction?** 肯 油 潑印特 蜜 印 得 弱愛特 得銳可迅
我該怎麼去SOHO區呢？	**How can I get to SOHO?** 浩 肯 艾 給特 兔 受厚
我想到王子大廈。	**I want to go to the Prince's Building.** 愛 旺 兔 夠 兔 得 普林司 逼歐頂
很遠嗎？	**Is it far?** 衣司 以特 發兒
有多遠呢？	**How far is it?** 浩 發兒 以司 衣特
從這裡到那裡只隔兩個街區。	**It's only a couple of blocks from here.** 以次 翁力 惡 卡剖 歐夫 不拉可死 夫讓 喝伊兒
這條路直走。	**Go straight down this street.** 勾 司翠特 當恩 力司 司翠特

Part
1
50個超好用句型

Part
2
日常簡單用語

Part
3
旅遊會話

這條路走約50公尺。	**Go down this street about fifty meters.** 勾 當恩 力司 司翠特 惡抱特 福衣福踢 迷特司
在第二個紅綠燈右轉。	**Turn right at the second traffic light.** 特兒恩 弱愛特 欸特 得 誰啃的 吹福衣客 來特
在第二個轉角左轉。	**Turn left at the second corner.** 特兒恩 淚夫特 欸特 得 誰啃的 口兒呢
過橋後左轉。	**Go across the bridge and take a left.** 勾 惡可落司 得 布里急 欸恩得 貼克 惡 淚夫特
就在右邊。	**It's on the right side.** 以次 昂 得 弱愛特 賽的
一直往前走，你一定到得了。	**Go along and you're sure to get there.** 勾 惡龍 欸恩得 油兒 秀兒 兔 給特 淚兒
從這到那裡很遠。	**It's far from here.** 以次 發兒 夫讓 喝伊兒
你得坐公車。	**You should go by bus.** 油 咻的 夠 百 巴士
請告訴我怎麼去。	**Tell me how to get there, please.** 貼歐 蜜 浩 兔 給特 淚兒，普力司

⑨ 其它道路指引說法

Track ◎**123**

就在火車站旁邊	**next to the train station** 內克斯特 兔 得 翠因 司爹迅
就在路口	**at the corner** 欸特 得 口兒呢
就在下一個十字路口	**at the next intersection** 欸特 得 內克司 因特誰可訓
在你左手邊	**on your left-hand side** 昂 油兒 淚夫特-黑嗯的 賽的
在梅西百貨和維京唱片之間	**between Macy's and Virgin Records** 比兔因 梅西司 欸恩得 維珍 銳可兒司
過那個紅綠燈	**past that traffic light** 陪司特 列特 吹福衣客 來特
在第三個路口右轉	**turn right at the third corner** 特恩 弱愛特 欸特 得 色的 口兒呢
直走過兩個街區	**go straight 2 blocks** 勾 司翠特 兔 不拉可死

① 在旅遊諮詢中心

Track ◎ 124

句型　請給我觀光地圖。

Could I have a sightseeing map, please?

庫得 愛 黑夫 惡 賽特西印 妹普，普力司

換個單字念念看

公車路線圖	**a bus route map** 惡 巴士 入特 妹普	餐廳資訊	**a restaurant guide** 惡 瑞司特讓 蓋得
地鐵路線圖	**a subway route map** 惡 沙伯未 入特 妹普	購物資訊	**a shopping guide** 惡 瞎拼 蓋得

② 有一日遊嗎？

Track ◎ 125

句型　你有一日遊嗎？

Do you have a full-day tour?

賭 油 黑夫 惡 富歐 - 爹 兔兒

換個單字念念看

半天	**a half-day** 惡 黑福 - 爹	晚上	**a night** 惡 耐特

旅遊諮詢中心在哪裡？	**Where is the tourist information center?** 惠兒 以司 得 兔瑞司特 印佛妹迅 仙特兒
你有滑雪之旅嗎？	**Do you have a tour for skiing?** 賭 油 黑夫 惡 兔兒 佛 司哥衣印
什麼時候開門？	**When is it open?** 惠恩 以司 以特 歐噴
博物館今天有開嗎？	**Is the museum open today?** 以司 得 妙及惡母 歐噴 土爹
可以請你推薦好餐廳嗎？	**Can you recommend a good restaurant?** 肯 油 瑞肯妹得 惡 古得 瑞司特讓
你知道去哪裡參加旅遊團嗎？	**Do you know where to join a tour?** 賭 油 諾 惠兒 兔 救印 惡 兔兒
他們有沒有講中文的導遊？	**Do they have a Chinese-speaking guide?** 賭 淚 黑夫 惡 揣尼司-司必克印 蓋得
博物館的入場費要多少錢？	**How much does admission to the museum cost?** 浩 罵取 得司 惡的秘迅 兔 得 妙及惡母 口司特
博物館內有咖啡廳嗎？	**Is there a cafe in the museum?** 以司 淚兒 惡 咖啡 印 得 妙及惡母
你有語音導覽嗎？	**Do you have an audio guide?** 賭 油 黑夫 欸恩 歐弟歐 蓋得

Part
1
50個超好用句型

Part
2
日常簡單用語

Part
3
旅遊會話

遊覽車集合場所在哪裡？	**Where is the pick-up point?** 惠兒 以司 得 屁可-阿普 剖音特

◆ Topic 6 · 詢問中心

❸ 我要去迪士尼樂園　　Track ◎**126**

句型　　我要去迪士尼樂園。

I want to go to Disney Land.
愛 旺 兔 夠 兔 迪士尼 連的

換個單字念念看

看 / 煙火表演	**see / a fireworks display** 西 / 惡 懷兒我克司 低司撲淚	看 / 展覽	**see / an exhibition** 西 / 欸恩 欸可司必迅
登山 / 某處	**go hiking / somewhere** 勾 嗨克印 / 桑母惠兒	看 / 電影	**see / a movie** 西 / 惡 母逼
去 / 跳蚤市場	**go to / a flea market** 勾 兔 / 惡 福力 媽克衣特	看 / 籃球比賽	**see / a basketball game** 西 / 惡 背司克衣伯 給母
看 / 百老匯表演	**see / a Broadway show** 西 / 惡 布勞的威 秀		

④ 我要怎麼去艾菲爾鐵塔？　　　Track ◎127

句型　我要去<u>艾菲爾鐵塔（法國）</u>。

I would like to go to the Eiffel Tower.
愛 巫的 賴克 兔 夠 兔 得 艾菲爾逃兒

換個單字念念看

羅浮宮 （法國）	**Louvre (France)** 路福兒（福藍司）	澳洲大堡礁（澳洲）	**Great Barrier Reef (Australia)** 古銳特 背里兒 里福（喔司吹力亞）
萬里長城 （中國）	**Great Wall of China (China)** 古銳特 我歐 歐夫 揣那（揣那）	雪梨歌劇院（澳洲）	**Sydney Opera House (Australia)** 夕的尼 歐普拉 好司（喔司吹力亞）
紫禁城 （中國）	**Forbidden City (China)** 佛必等 西替（恰那）	尼加拉瓜大瀑布（美國）	**Niagra Falls (USA)** 奈欸哥拉 佛司（尤 欸司 欸）
吉薩金字塔（埃及）	**Great Pyramids of Giza (Egypt)** 古銳特 屁了門的司 歐夫 哥衣閘（衣局普特）	大峽谷 （美國）	**Grand Canyon (USA)** 古瑞恩的 肯尼宴恩（尤 欸司 欸）
人面獅身像（埃及）	**Sphynx (Egypt)** 司平克司（衣局普特）	自由女神像（美國）	**Statue of Liberty (USA)** 司爹秋 歐夫 力布兒梯（尤 欸司 欸）
泰姬瑪哈陵（印度）	**Taj Mahal (India)** 踏西碼好（因低啊）	比薩斜塔（義大利）	**Leaning Tower of Pisa (Italy)** 林尼印 桃兒 歐夫 屁閘（衣特力）

Part
1
50個超好用句型

Part
2
日常簡單用語

Part
3
旅遊會話

好用單字

美術館	**art museum** 啊特 妙及惡母		大廈	**building** 逼歐頂
博物館	**museum** 妙及惡母		大廳	**hall** 后
動物園	**zoo** 入		圖書館	**library** 來布兒里
水族館	**aquarium** 惡闊里惡母		教堂	**church** 卻兒去
公園	**park** 趴兒可			

◆ Topic 6 · 詢問中心

⑤ 我想騎馬　　　　Track ◎**128**

句型　我想要去試試騎馬。

I'd like to try horseback riding.
艾得 賴克 兔 踹 厚兒司貝克 弱愛定

換個單字念念看

泛舟	**rafting** 累福聽		滑翔翼	**paragliding** 陪拉哥來定

熱氣球之旅	**hot air balloon riding** 哈特 欸兒 本路嗯 弱愛定		高空彈跳	**bungy jumping** 班局 江拼
跳傘	**parachuting** 陪拉咻聽		滑雪	**skiing** 司哥衣印
深海潛水	**scuba diving** 司庫巴 呆夫印		射擊	**shooting** 咻聽

 例句

我可以租釣魚用具嗎？	**Can I rent fishing tackle?** 肯 艾 瑞恩特 福衣迅 塔扣
腳踏車出租店在哪裡？	**Where is the bicycle rental shop?** 惠兒 以司 得 拜夕扣 瑞恩頭 下普
我可以租些裝備嗎？	**Can I rent some equipment?** 肯 艾 瑞恩特 桑母 衣盔普門特
這是什麼樣的活動？	**What kind of event is it?** 華特 開恩的 歐夫 衣凡特 以司 衣特
在哪裡舉辦？	**Where is it held?** 惠兒 以司 以特 黑歐的

Part
1
50個超好用句型

Part
2
日常簡單用語

Part
3
旅遊會話

幾點開始？	**What time does it start?** 華特 太母 得司 以特 司大兒特
小孩可以參加嗎？	**Can children join it?** 肯 秋豬潤 久印 衣特

好用單字

高爾夫球場	**driving range** 踐夫因 瑞恩局	夜市	**night market** 耐特 媽克衣特
海邊 / 海灘	**beach** 逼區	跳蚤市場	**flea market** 福利 媽克衣特
釣魚場	**fishing spot** 福衣迅 司巴特	高爾夫球桿	**golf clubs** 勾福 克拉布司
滑雪場	**skiing resort** 司哥衣印 銳受兒特	滑雪用具	**skiing outfit** 司哥衣印 奧特福衣特
潛水場	**diving spot** 呆夫印 司巴特	潛水用具	**diving gear** 呆夫印 哥衣兒

⑥ 漫遊美國各州

Track ◎**129**

問 這是你第一次去俄亥俄州嗎？

Is this your first time to visit Ohio.

以司 力司 油兒 福兒司特 太母 兔 逼吉特 歐亥歐

答 對。

Yes.

也司

換個單字念念看

阿拉巴馬州	**Alabama (AL)** 阿拉背馬 (AL)	加利佛尼亞州	**California (CA)** 卡了佛尼亞 (CA)
阿拉斯加州	**Alaska (AK)** 惡拉斯咖 (AK)	科羅拉多州	**Colorado (CO)** 摳羅拉多 (CO)
亞利桑那州	**Arizona (AZ)** 欸利走那 (AZ)	康乃狄克州	**Connecticut (CT)** 康乃狄克 (CT)
阿肯色州	**Arkansas (AR)** 阿肯撒司 (AR)	德拉瓦州	**Delaware (DE)** 德了威兒 (DE)

首都華盛頓	**Washington DC (the District of Columbia)** 哇新藤 地西 (得 低司催可特 歐夫 可辣母必阿)		

佛羅里達州	**Florida (FL)** 佛羅里達 (FL)	肯塔基州	**Kentucky (KY)** 肯塔克衣 (KY)
喬治亞州	**Georgia (GA)** 酒局阿 (GA)	路易斯安 那州	**Louisiana (LA)** 路易斯欸恩那 (LA)
關島	**Guam** 古哇母	緬因州	**Maine (ME)** 美因 (ME)
夏威夷州	**Hawaii (HI)** 哈哇夷 (HI)	馬里蘭州	**Maryland (MD)** 馬里蘭 (MD)
愛達荷州	**Idaho (ID)** 愛達厚 (ID)	麻薩諸塞 州	**Massachusetts (MA)** 麻薩諸塞 (MA)
伊利諾州	**Illinois (IL)** 伊利諾衣 (IL)	密西根州	**Michigan (MI)** 密西根 (MI)
印地安那 州	**Indiana (IN)** 印地欸恩那 (IN)	明尼蘇達 州	**Minnesota (MN)** 明尼搜達 (MN)
愛荷華州	**Iowa (IA)** 愛喔哇 (IA)	密西西比 州	**Mississippi (MS)** 密西西比 (MS)
堪薩斯州	**Kansas (KS)** 堪薩斯 (KS)	密蘇里州	**Missouri (MO)** 密走里 (MO)

Part
1
50個超好用句型

Part
2
日常簡單用語

Part
3
旅遊會話

⑦ 看看各種的動物

Track ◎**130**

問　你最喜歡什麼動物？

What's your favorite animal?
華次 油兒 肥福兒瑞特 欸呢某

答　我喜歡狗。

I like the dog.
艾 賴克 得 豆哥

換個單字念念看

貓	**cat** 克欸特	馬	**horse** 后兒司
兔子	**rabbit** 瑞必特	牛	**cow** 考
老鼠	**mouse / mice** 貓司 / 麥司	羊	**sheep** 噓普
倉鼠	**hamster** 黑母司特兒	山羊	**goat** 勾特
松鼠	**squirrel** 司過肉	鹿	**deer** 低兒

Part
1
50個超好用句型

Part
2
日常簡單用語

Part
3
旅遊會話

馴鹿	**reindeer** 瑞恩低兒	獅子	**lion** 來恩
豬	**pig** 屁哥	犀牛	**rhino** 弱愛諾
熊	**bear** 背兒	豹	**leopard** 淚普兒的
狼	**wolf** 我福	熊貓	**panda** 偏達
大象	**elephant** 欸了粉特		

◆ Topic 6 · 詢問中心

 ⑧ 景色真美耶　　　　　　Track ◎**131**

景色真美耶！	**What a great view!** 華特 惡 古銳特 福尤
真是漂亮！	**How beautiful!** 好 逼尤底佛
這真不錯。	**That's neat.** 列此 尼特

真的好極了。	**It's fantastic.** 以次 凡他司梯可
食物很好吃。	**The food is really yummy.** 得 父的 以司 銳而利 洋秘
我喜歡這裡的氣氛。	**I like the atmosphere here.** 艾 賴克 得 欸特門斯福衣兒 喝伊兒
那真大呀！	**That's so huge!** 列此 受 喝尤局
這是法國最古老的美術館。	**This is the oldest museum in France.** 力司 以司 得 歐地司特 妙及惡母 印 福藍司
有多古老？	**How old is it?** 浩 歐的 以司 衣特
有一千多年了。	**It's over one thousand years old.** 以次 歐福兒 萬 騷怎 易兒司 歐得
我可以拍你幾張照片嗎？	**Shall I take some pictures of you?** 休 愛 貼克 桑母 皮客秋兒司 歐夫 油
打擾您一下，可以請您幫我們拍照嗎？	**Excuse me, sir. Could you take a picture of us?** 衣克司哭尤司 密，社兒。庫 秋 貼克 惡 皮客秋兒 歐夫 惡司
各位，笑一個。	**Smile, everyone!** 司麥歐，欸福衣萬

⑨ 帶老外玩台灣　　　　　Track ◎132

問　你明天要去哪裡？

Where are you going tomorrow?

惠兒 阿 油 勾印 土馬肉

答　我們要去<u>宜蘭</u>。

We're going to <u>Yilan</u>.

<u>烏衣兒</u> 勾印 兔 宜蘭

換個單字念念看

彰化	**Changhua** 彰化	基隆	**Keelung** 基隆
嘉義	**Chiayi** 嘉義	金門	**Kinmen** 金門
新竹	**Hsinchu** 新竹	連江縣	**Lienchiang** 連江
花蓮	**Hualien** 花蓮	苗栗	**Miaoli** 苗栗
高雄	**Kaohsiung** 高雄	南投	**Nantou** 南投

Part
1
50個超好用句型

Part
2
日常簡單用語

Part
3
旅遊會話

澎湖	**Penghu** 澎湖		新北市	**New Taipei City** 紐 臺北 西替
屏東	**Pingtung** 屏東		臺東	**Taitung** 臺東
臺中	**Taichung** 臺中		桃園	**Taoyuan** 桃園
臺南	**Tainan** 臺南		雲林	**Yunlin** 雲林
臺北	**Taipei** 臺北			

問　你的板橋林家花園之旅如何？

How was your trip to Lin Family Garden?

浩 哇司 油兒 催普 兔 林 發秘力 嘎兒等

答　非常的有趣！

It was fun!

衣特 哇司 放

換個單字念念看

台北木柵 動物園	**Taipei Mu Cha Zoo** 台北 木柵 住	台北101 大樓	**Taipei 101** 台北 萬歐萬

Part
1
50個超好用句型

Part
2
日常簡單用語

Part
3
旅遊會話

總統府	**The Presidential Office Building** 得 普銳怎的秋 歐福衣司 逼歐頂
中正紀念堂	**Chiang Kai-shek Memorial Hall** 蔣開雪 門某力歐 厚
台北忠烈祠	**Martyrs Shrine** 媽的兒 率因
國立故宮博物院	**the National Palace Museum** 得 內訓弄 怕了司 妙及惡母
國父紀念館	**Sun Yat-sen Memorial Hall** 桑逸仙 門某力歐 厚
三峽清水祖師廟	**Sansia Ching Shui Tsu Shih Temple** 三峽 清水祖師 天剖
基隆市廟口小吃	**Keelung Miaokou Snacks** 基隆 廟口 司內可司
大坑森林遊樂區	**Dakeng Scenic Area** 大坑 心尼可 欸里阿
台中民俗公園	**Taichung Folk Park** 台中 否可 趴兒可
六合夜市	**Liu-ho Night Market** 六合 耐特 媽克衣特
愛河公園	**Love River Park** 樂福 瑞福兒 趴兒可
墾丁國家公園	**Kenting National Park** 墾丁 內訓弄 趴兒可

⑩ 我要看獅子王

Track ◎**133**

句型　我想看獅子王。

I'd like to see The Lion King.

艾得 賴克 兔 西 得 賴恩 克印

換個單字念念看

美女與野獸	**Beauty & the Beast** 比烏梯 欸恩得 得 比司特	芝加哥	**Chicago** 噓卡夠
貓	**Cats** 卡之	42號街	**42nd Street** 否梯誰肯的 司翠特

⑪ 買票看戲

Track ◎**134**

我們買票必須排隊。	**We have to wait in line to buy our tickets.** 烏衣 黑夫 兔 未特 印 來因 兔 拜 奧兒 梯克衣此
有座位嗎？	**Are there any seats?** 阿 淚兒 宴尼 西此
一張票多少錢？	**How much is a ticket?** 浩 罵取 以司 惡 梯克衣特

有沒有議價空間？	**Any concessions?** 宴尼 肯誰訓司
全部售出。	**Sold out.** 受的 傲特
下一個表演是在什麼時候？	**What time is the next show?** 華特 太母 以司 得 內克司 秀
有沒有中場休息時間？	**Is there an intermission?** 以司 淚兒 欸恩 因特秘訓
我們可以在裡面喝東西嗎？	**Can we drink inside?** 肯 烏衣 准可 因塞的
你們會給學生打折嗎？	**Is there a student discount?** 以司 淚兒 惡 司丟等特 低司康特
你們有沒有較便宜的座位？	**Do you have any cheaper seats?** 賭 油 黑夫 宴尼 去普兒 西此
可以給我節目表嗎？	**Could I have a program, please?** 庫得 愛 黑夫 惡 普弱古瑞母，普力司
我要好位子的。	**I want a good seat.** 愛 旺特 惡 古得 西次

請給我三張票。	**Three tickets, please.** 素力 梯克衣此，普力司
兩張貴賓席的票。	**Two VIP seats, please.** 兔 福衣愛屁 西此，普力司
兩張下星期五的 票。	**Two tickets for next Friday.** 兔 梯克衣此 佛 內可司 福來爹

好用單字

中間的座 位	**center seats** 仙特 西此	包廂	**balcony** 拔歐肯尼
交響樂團	**orchestra** 歐克司戳阿	非對號座 位	**unreserved seat** 昂瑞色得 西特
夾層前排	**front mezzanine** 夫郎特 媚子尼	站位	**standing room** 司天丁 潤
夾層	**mezzanine** 媚子尼	白天場	**matinee** 媽特內
夾層後排	**rear mezzanine** 銳兒 媚子尼	晚上場	**evening performance** 衣福您 普兒佛門司

⑫ **哇！他的歌聲真棒** Track ◎**135**

句型	哇！這歌手真棒！

Wow! The singer is wonderful!
哇嗚 得 心哥兒 以司 萬得佛

換個單字念念看

電影	**movie** 母逼	諷刺短劇	**skit** 司哥衣特
表演	**show** 秀	戲	**play** 撲累
百老匯表演	**Broadway show** 布勞得為 秀	芭蕾舞	**ballet** 拔淚
電影	**film** 福衣歐母	戲劇	**drama** 抓馬
音樂會	**concert** 康舍特	遊行	**parade** 普兒銳的
歌劇	**opera** 歐普拉	露天劇場	**open-air theater** 歐噴-欸兒 西惡特

太棒了！	**Bravo!** 布辣佛
太好了！	**Fantastic!** 凡踏司梯可
再來一次！/ 安可！	**Encore!** 昂口兒
真是糟糕！	**Awesome!** 歐桑母

➡ Topic 6 · 詢問中心

 ⑬ 附近有爵士酒吧嗎？   Track ◎**136**

句型　附近有爵士酒吧嗎？

Is there a jazz pub around here?

以司 淚兒 惡 夾司 怕布 餓讓得 喝伊兒

換個單字念念看

鋼琴酒吧	**piano bar** 屁啊諾 巴兒	舞廳	**disco** 低司口
夜總會	**night club** 耐特 克拉布	主題餐廳	**theater restaurant** 西惡特 瑞司特讓

Part
1
50個超好用句型

Part
2
日常簡單用語

Part
3
旅遊會話

酒吧	**bar** 巴兒	咖啡廳	**coffee shop** 摳福衣 下普
酒店	**cabaret** 卡本銳	賭場	**casino** 卡西諾
小餐館	**cafe** 卡非		

句型 我要香檳。

I'll have champagne.
艾歐 黑夫 香配恩

換個單字念念看

威士忌	**whisky** 烏衣士忌	馬丁尼	**a martini** 馬丁尼
白蘭地	**brandy** 布蘭地	龍舌蘭酒	**tequila** 特克衣拉
蘇格蘭 威士忌	**scotch** 司卡取	不加水	**it straight** 以特 司翠特
琴酒	**gin** 進	加水	**it with of water** 以特 位子 歐夫 哇特

179

（啤酒） 小杯	**a half pint** 惡 黑福 派恩特	（啤酒） 大杯	**one pint** 萬 派恩特

 例句

今晚有現場演奏嗎？	**Do you have a live performance tonight?** 賭 油 黑夫 惡 來福 普兒佛門司 兔耐特
有穿著限制嗎？	**Do you have a dress code?** 賭 油 黑夫 惡 最司 扣得
我要穿什麼衣服？	**How should I be dressed?** 浩 休得 愛 比 最司得
您要喝些什麼飲料嗎？	**Would you like something to drink?** 巫的 油 賴克 桑母幸 兔 准可
給我生啤酒。	**Some draft beer, please.** 桑母 綴夫特 比兒，普力司
給我波旁威士忌。	**Bourbon, please.** 巴兒本，普力司
乾杯！	**Cheers!** 去兒司
再來一杯！	**One more, please.** 萬 摸兒，普力司

Part
1
50個超好用句型

Part
2
日常簡單用語

Part
3
旅遊會話

⑭ **看棒球比賽**   Track ◎**137**

句型　我要靠一壘的位子。

A seat on the first base line, please.

惡 西特 昂 得 福兒司特 背司 來因，普力司

換個單字念念看

靠三壘的	**on the third base line** 昂 得 社兒的 背司 來恩	靠外野的	**in the outfield section** 因 得 傲特福衣歐的 誰克迅
靠內野的	**in the infield section** 因 得 因福衣歐的 誰克迅	靠本壘的	**behind home plate section** 必害的 厚母 普類特 誰克迅

 **例句**

哪些隊在比賽？	**Which teams are playing?** 呼衣取 踢母司 阿 普累因
現在打到哪一局了？	**What inning is it?** 華特 印寧 以司 衣特
打到7局後半了。	**It's the bottom of the seventh.** 以次 得 八特母 歐夫 得 誰凡司

181

你最喜歡哪一隊？	**What is your favorite team?** 華特 以司 油兒 非福兒瑞得 踢母
棒球在美國是最受歡迎的運動之一。	**Baseball is one of the most popular sports in America.** 背司伯 以司 萬 歐夫 得 某司特 趴披巫了 司剖此 印 惡妹莉卡
開賽！	**Play ball!** 撲累 伯歐
帶我去看棒球賽吧！	**Take me out to the ball game!** 貼克 密 奧特 兔 得 伯歐 給母
你認為哪一隊會贏？	**Who do you think is going to win?** 戶 賭 油 幸克 以司 勾印 兔 烏贏

句型 我是西雅圖水手隊的球迷。

I'm a Seattle Mariners fan.
愛母 惡 西雅圖 媽林呢司 非嗯

換個單字念念看

巴爾的摩金鶯隊	**Baltimore Orioles** 巴爾的摩 歐里歐司
波士頓紅襪隊	**Boston Red Sox** 波士頓 瑞得 薩可死

紐約洋基隊	**New York Yankees** 紐 有克 洋克衣司
坦帕灣魔鬼魚隊	**Tampa Bay Devil Rays** 坦帕 背 爹夫 銳司

Part
1
50個超好用句型

Part
2
日常簡單用語

Part
3
旅遊會話

多倫多藍鳥隊	**Toronto Blue Jays** 多倫多 不路 尖司
芝加哥白襪隊	**Chicago White Sox** 嘘卡夠 懷特 薩克司
克里夫蘭印第安人隊	**Cleveland Indians** 克里夫蘭 印第欸恩司
底特律老虎隊	**Detroit Tigers** 低戳伊特 太格兒司
堪薩斯皇家隊	**Kansas City Royals** 堪薩斯 西替 弱有司
明尼蘇達雙城隊	**Minnesota Twins** 明尼搜達 兔因司
洛杉磯天使隊	**Los Angeles Angles of Anaheim** 樓衫局勒斯 欸恩酒司 歐夫 欸呢害
奧克蘭運動家隊	**Oakland Athletics** 奧克蘭 阿斯淚梯可司
西雅圖水手隊	**Seattle Mariners** 西雅圖 媽林呢兒司
德州游騎兵隊	**Texas Rangers** 貼可色司 潤九司

棒球賽	**baseball game** 背司伯 給母	三振	**strikeout** 司催克奧特
投手	**pitcher** 屁球兒	四壞球	**walk** 我可
捕手	**catcher** 卡球兒	盜壘	**steal** 司弟歐
打擊者	**batter** 背特	全壘打	**homerun** 厚母浪
經理	**manager** 媽尼九	再見全壘 打	**walk off home run** 我可 歐福 厚母浪

➡ Topic 6 · 詢問中心

⑮ 看籃球比賽   Track ◎**138**

句型 我要去看籃球賽。

I'd like to go to a basketball game.
艾得 賴克 兔 夠 兔 惡 背司克衣伯 給母

換個單字念念看

美式足球 賽	**football game** 夫特伯 給母	足球賽	**soccer game** 沙可 給母

Part
1
50個超好用句型

Part
2
日常簡單用語

Part
3
旅遊會話

棒球賽	**baseball game** 背司伯 給母	曲棍球賽	**hockey game** 哈克衣 給母
網球賽	**tennis match** 貼尼司 妹取	拳擊賽	**boxing match** 八克性 妹取
高爾夫球賽	**golf match** 勾福 妹取	賽車	**car race** 卡兒 瑞司

例句

你最喜歡哪個選手？	**Who is your favorite player?** 乎 以司 油兒 非福兒瑞特 撲淚兒
我是紐約尼克隊的超級球迷。	**I'm a big fan of the New York Knicks.** 愛母 惡 必哥 非嗯 歐夫 得 紐 有克 尼克司
能請你簽名嗎？	**May I have your autograph?** 妹 愛 黑夫 油兒 歐投古拉福
入口在哪裡？	**Where is the entrance?** 惠兒 以司 得 欸恩唇司
販賣場在哪裡？	**Where is the concession stand?** 惠兒 以司 得 肯沙訓 司爹恩得

投籃！	**Shoot it!** 咻特 衣特
防守！	**Defense!** 低飛恩司
妙傳！	**Nice pass!** 耐司 配司
好球！	**Nice shot!** 耐司 蝦特

好用單字

傳球	**pass** 配司	大滿貫	**grand slam** 古瑞恩得 司拉母
工作人員	**official** 歐福衣休	得分	**score** 司夠兒
犯規	**foul** 發歐	觸地得分	**touchdown** 他去擋
灌籃	**slam dunk** 司拉母 檔克	18比20	**18 to 20** 欸聽 兔 團體

①你臉色看起來不太好呢

Track ◎**139**

Part
1
50個超好用句型

Part
2
日常簡單用語

Part
3
旅遊會話

你臉色看起來不太好。	**You don't look well.** 油 洞特 路克 餵歐
你怎麼了？	**What's wrong?** 華次 弱恩
我想我生病了。	**I think I'm sick.** 愛 幸克 愛母 夕可
我看你最好還是去看醫生。	**I think you had better to go to see a doctor.** 愛 幸克 油 黑得 貝特 兔 夠 兔 西 惡 達可特
麻煩你打911。	**Call 911, please.** 扣 奈嗯 萬 萬，普力司
醫院在哪裡？	**Where's the hospital?** 惠兒司 得 哈司屁投
醫生在哪裡？	**Where's the doctor?** 惠兒司 得 達可特
我沒關係，我只是需要休息一下。	**I'll be OK. I just need to rest.** 艾歐 比 歐克欸。愛 架司特 逆得 兔 銳司特
你有維他命C嗎？	**Do you have any vitamin C?** 賭 油 黑夫 宴尼 外特門 夕
你可以做雞湯給我吃嗎？	**Can you make me some chicken soup?** 肯 油 妹克 密 桑母 去肯 速普

我需要躺下來。	I need to lie down. 艾 逆得 兔 來 檔

---

② 我要看醫生　　　　　Track ◎**140**

句型　我要看<u>內科醫生</u>。

I'd like to see a medical doctor.

艾得 賴克 兔 西 惡 媚低扣 達可特

換個單字念念看

外科 醫生	**a surgeon** 惡 <u>社兒俊</u>	婦科 醫生	**a gynecologist** 惡 <u>該呢卡樂局司特</u>
小兒科 醫生	**a pediatrician** 惡 <u>屁低惡翠訓</u>	眼科 醫生	**an ophthalmologist** 欸恩 <u>阿普特媽樂局司特</u>

③ 我肚子痛　　　　　Track ◎**141**

句型　我肚子痛。

I have a stomachache.

愛 黑夫 惡 司達門給可

換個單字念念看

頭痛	**a headache** 惡 <u>黑的欸可</u>	流鼻涕	**a runny nose** 惡 <u>弱昂尼</u> 諾司

Part

1

50個超好用句型

Part

2

日常簡單用語

Part

3

旅遊會話

背痛	**a backache** 惡 背克欸可	咳嗽	**a cough** 惡 扣福
牙痛	**a toothache** 惡 兔司欸可	喉嚨痛	**a sore throat** 惡 受兒 司弱特
耳朵痛	**an earache** <u>欸恩</u> 衣兒欸可	食物中毒	**food poisoning** 父的 潑姨怎您
感冒	**the flu** 得 福路	腹瀉	**diarrhea** 代惡里阿
發燒	**a fever** 惡 福衣-福兒		

句型　我覺得渾身無力。

I feel weak.

愛 福衣歐 烏衣可

換個單字念念看

渾身發冷	**chilly** 去力	身體發熱	**feverish** <u>福衣-福兒里許</u>
非常疲倦	**very tired** 飛里 太兒的	想吐	**sick** 夕可

| 句型 | 我在發<u>冷</u>。 |

I am cold.
愛 欸母 <u>扣得</u>

換個單字念念看

頭暈	**dizzy** 低記		對…過敏	**allergic to...** 惡樂局可 兔…
昏沉沉	**drowsy** 抓記		便秘	**constipated** 康司特配梯的

 例句

我感到渾身無力而且頭痛。	**I feel weak and have a headache.** 愛 <u>福衣歐</u> 烏衣可 欸恩得 黑夫 惡 黑的欸可
現在感覺好一點了。	**It's a little better now.** 以次 惡 力頭 貝特 鬧
可能這幾天我太累了。	**Maybe I'm too tired these days.** 妹比 <u>愛母</u> 兔 太兒 地司 爹司
希望你快點好起來。	**I hope you'll get well soon.** 愛 厚普 油歐 給特 餵歐 速嗯

Part
1
50個超好用句型

Part
2
日常簡單用語

Part
3
旅遊會話

謝謝你的關心。	**Thanks for your concern.** 仙渴死 佛 油兒 看社兒嗯
謝謝你那麼照顧我。	**Thanks for taking such good care of me.** 仙渴死 佛 貼克印 沙去 古得 克欸兒 歐夫 蜜
你有阿司匹靈嗎？	**Do you have any aspirin?** 賭 油 黑夫 宴尼 欸司普靈

好用單字

腸胃炎	**GI (gastrointestinal) infection** 局愛 (給司綽因貼司特弄) 因非可訓
心臟病發	**heart attack** 哈特 惡貼可
高血壓	**high blood pressure** 害 不拉特 普瑞-雪兒
哮喘	**asthma** 阿子麻
糖尿病	**diabetes** 代惡必弟司
骨折	**a broken bone** 惡 不肉肯 剝嗯
抽筋	**a sprain** 惡 司普瑞因

My head hurts.

麥 黑的 喝兒此

換個單字念念看

肚子	**tummy** 他秘	手臂	**arm** 阿兒母
腳	**foot / feet** 夫特 / 福衣特	喉嚨	**throat** 司弱特
背	**back** 背克	牙	**tooth** 兔司
手腕	**wrist** 瑞司特	脖子	**neck** 內可
耳朵	**ear** 衣兒	膝蓋	**knee(s)** 尼(司)
下背部	**lower back** 漏噁 背克		

④ 把嘴巴張開

Part
1
50個超好用句型

Part
2
日常簡單用語

Part
3
旅遊會話

你有覺得什麼地方不舒服嗎？	**Do you feel any discomfort?** 賭 油 福衣歐 宴尼 低司砍福兒特
你不冷嗎？	**Aren't you cold?** 昂 啾 扣特
我沒有胃口。	**I don't feel like eating.** 愛 洞特 福衣歐 賴克 衣停
請躺下。	**Please lie down.** 普力司 賴 檔
這裡痛嗎？	**Does it hurt?** 得司 以特 喝兒特
把嘴巴張開。	**Open your mouth.** 歐噴 油兒 貓司
請張口說： 「啊」！	**Please say "Ahh".** 普力司 誰 啊
讓我看看你的眼睛。	**Let me look at your eye.** 淚特 密 路克 欸特 油兒 愛

塗藥膏。	**Apply the ointment.** 惡普來 里 歐因特門特
我幫你開藥方。	**I'll write you a prescription.** 艾歐 弱愛特 油 惡 普司跪普訓
深呼吸。	**Take a deep breath.** 貼克 惡 低普 布銳司
我們需要幫你照X光。	**We need to take an X-ray.** 烏衣 逆得 兔 貼克 欸恩 欸渴死瑞
我可以繼續旅行嗎？	**Can I continue my trip?** 肯 艾 康梯牛 麥 催普
大約一星期就好了吧！	**You will get well in one week.** 油 烏衣歐 給特 餵歐 印 萬 烏衣可
我需要住院嗎？	**Do I need to be hospitalized?** 賭 艾 逆得 兔 比 哈司屁投來子的
需要（不需要）。	**Yes(No).** 也司（諾）

Part
1
50個超好用句型

Part
2
日常簡單用語

Part
3
旅遊會話

❺ 一天吃三次藥

Track ◎**143**

一天服用三次。	**Three times daily.** 素力 太母司 爹力
（說明）寫在瓶子上的這裡。	**It's on the bottle here.** 以次 昂 得 巴頭 喝伊兒
每天要服用這個三次。	**Take this three times daily.** 貼克 力司 素力 太母司 爹力
飯後服用。	**Take this after meals.** 貼克 力司 阿福特 迷歐司
不要和果汁一起服用。	**Do not take it with juice.** 賭 那特 貼克 以特 位子 啾司
七日用藥。	**7 days of medication.** 誰吻 爹司 歐夫 媚低克欸訓
你有沒有對什麼藥物過敏嗎？	**Are you allergic to any medication?** 阿 油 惡淚兒局克 兔 宴尼 媚低克欸訓
把這藥膏塗在傷口上。	**Apply this ointment to the wound.** 阿普賴 力司 歐因特門特 兔 得 穩的

口服藥。	**Oral medication.** 歐落 媚低克欸訓
三歲以下的兒童用藥。	**For children under 3 years of age.** 佛 秋豬潤 昂得 素力 易兒司 歐夫 欸局
服用前請諮詢醫生。	**Consult a doctor before using.** 看收特 惡 達可特 比佛 憂心

好用單字

藥局	**pharmacy** 發門夕	阿司匹靈	**aspirin** 欸司普靈
感冒藥	**cold medicine** 扣得 媚得森	止痛藥	**pain killer** 配嗯 克衣了
退燒藥劑	**an antipyretic** 欸恩 欸恩梯派銳梯可	保險套	**a condom** 惡 康冬母
胃藥	**medicine for the stomach** 媚得深 佛 得 司達秘可	痰	**phlegm** 福淚母
消化藥	**a digestive** 惡 呆覺司梯服	汗	**sweat** 師為特
抗生素	**antibiotics** 欸恩太拜啊梯克司	腫脹	**swelling** 師為林

 ❻ 我覺得好多了 Track ◎144

Part
1
50個超好用句型

Part
2
日常簡單用語

Part
3
旅遊會話

我覺得好多了。	**I feel much better.** 愛 福衣歐 罵取 貝特
我現在沒事了。	**I'm OK now.** 愛母 歐克欸 鬧
我復原得不錯。	**I'm doing fine.** 愛母 杜印 發因
我好多了。	**I'm better now.** 愛母 貝特 鬧
我現在覺得又是一條活龍。	**I'm as good as new!** 愛母 欸司 古得 欸司 紐
我壯得像頭馬(牛)。	**I'm as healthy as a horse.** 愛母 欸司 黑歐西 欸司 惡 厚兒司

① 我遺失了護照 Track ◎ **145**

句型 我遺失了<u>護照</u>。

I lost my passport.

愛 漏司特 麥 趴司剖特

換個單字念念看

信用卡	**credit card** 克瑞滴特 卡兒得	飛機票	**flight ticket** 福來特 梯克衣特
鑰匙	**keys** 克衣司	項鏈	**necklace** 內可力司
照相機	**camera** 克欸門拉	手錶	**watch** 哇取
行李	**luggage** 辣哥衣局	眼鏡	**glasses** 哥拉西司

句型 我的<u>皮夾</u>被偷了。

My wallet was stolen.

麥 哇力特 哇司 司投冷

換個單字念念看

飛機票	**airline ticket** 欸兒來因 梯克衣特	筆記型 電腦	**laptop** 累普他普

Part
1
50個超好用句型

Part
2
日常簡單用語

Part
3
旅遊會話

提款卡	**ATM card** 欸 梯 欸母 卡兒得	皮包	**bag** 背哥
戒指	**ring** 玲	手機	**cell phone** 誰歐 鳳
手提箱	**suitcase** 速特 克欸司	錢	**money** 媽尼

➥ Topic 8 · 遇到麻煩

② 我把它忘在公車上了

Track ◎**146**

句型	我把它忘在公車上了。

I left it on the bus.
愛 淚夫特 以特 昂 得 巴士

換個單字念念看

在火車上	**on the train** 昂 得 翠因	在飯店裡	**in the hotel** 因 得 后貼歐
在桌上	**on the table** 昂 得 貼剖	在101房裡	**in room 101** 因 潤 萬歐萬
在計程車裡	**in the taxi** 因 得 貼克西	在收銀台上	**at the cashier** 欸特 得 卡許兒

不要跑！小偷！	**Stop! Thief!** 司達普！低福！
救命啊！我被搶了！	**Help! I've just been mugged!** 黑歐普！愛 架司特 逼因 罵歌得
天啊！我該怎麼辦？	**Oh, no! What shall I do?** 歐，諾！華特 休 愛 賭
我遇到了麻煩。	**I am having some trouble.** 愛 欸母 黑福印 桑母 出阿剝
我想有人拿去了。	**I think someone took it.** 愛 幸克 桑萬 兔可 衣特
你可以幫忙找嗎？	**Can you help me find it?** 肯 油 黑歐普 密 發因得 衣特
請幫助我。	**Would you help me, please?** 巫的 油 黑歐普 蜜，普力司
天啊！這真是棒呆了！（說反話）	**Oh, man! This is just great!** 歐，妹恩！力司 以司 架司特 古銳特
我該報警嗎？	**Should I call the police?** 咻得 愛 扣 得 剖力司
我裡面有大概三百美元。	**There was about 300 US dollars inside it.** 涙兒 哇司 惡抱特 素力航醉的 幽欸司 達了司 因賽 衣特

MEMO

Part
1
50個超好用句型

Part
2
日常簡單用語

Part
3
旅遊會話

不用背英文!! ♀玩遍全世界 用中文就GO！【25K+MP3】

▶ 英語Jump 04

著者	里昂
發行人	林德勝
出版發行	山田社文化事業有限公司 臺北市大安區安和路一段112巷17號7樓 電話　02-2755-7622 傳真　02-2700-1887
郵政劃撥	19867160號　大原文化事業有限公司
總經銷	聯合發行股份有限公司 新北市新店區寶橋路235巷6弄6號2樓 電話　02-2917-8022 傳真　02-2915-6275
印刷	上鎰數位科技印刷有限公司
法律顧問	林長振法律事務所　林長振律師
書＋MP3	定價　新台幣 299 元
初版	2019 年 12 月

© ISBN : 978-986-246-564-6
2019, Shan Tian She Culture Co. , Ltd.